優しき共犯者

大門剛明

角川文庫
20288

目次

序章　轟音 ... 五
第一章　鼓動 ... 一〇
第二章　共鳴 ... 六九
第三章　喧騒 ... 一〇八
第四章　残響 ... 一七五
第五章　... 二〇五
終章　... 二六一

解説　香山二三郎 ... 二七四

序章

背負った死体を下ろすと、俺は軽トラの荷台で大の字になった。

雨に打たれたわけでもないのに、汗と泥で体中がべたべただ。息が切れている。ダメだ。もうしばらくは動けない。

疲れ切った体を癒すように、鼻に水滴が落ちた。天気予報は少し遅れて当たったようだ。黒い雲がようやく泣き出し、俺はカバのように大きく口を開けた。酸性雨だろうが何だろうが構いやしない。この火照《ほて》りを冷まして欲しい。工場横を流れる川では、雨を喜ぶように魚が一匹はねた。夢前川《ゆめさきがわ》はこの辺りで水尾川《みずお》と合流する。海が近く、川幅二百メートルはあるだろう。合流地点には小型船がいくつか白いロープで係留されていた。

さてと、いつまでもこうしているわけにはいかない。俺は工場の片隅に停めた軽トラの荷台で立ち上がると、青いシートを二重にかぶせる。積み込んだ死体が落ちないよう、ロープで厳重に固定した。これでいい。誰かに見られる心配もないだろう。

運転席に乗り込むと、俺はほどけかけた鉢巻を締めなおし、ハンドルに頭をつけた。

「何でこんなことになったんや」

つぶやくと、古いカセットテープに伸ばした手を止めた。『もうひとつの土曜日』……俺の好きな曲だが、今は聴く気にならない。

雨の中、近くの工場からは煙が上っている。新日鉄広畑の巨大工場が夢前川をはさむ形で建っていて、その排煙だ。夢前川には人や車の通る普通の橋だけでなく、部品運搬に特化した橋もかかっている。橋の上を何トンあるのか知らないが、雨に打たれながら巨大な鉄の塊が運搬されていく。近くに大手製鉄会社があるためか鉄工所、造船会社、棒鋼メーカー……関連会社がいくつかある。弓岡《ゆみおか》製鎖工業もその一つだ。決して大きな会社ではないが、船舶用巨大アンカーチェーンを製造している。海の近くにあるのは、鎖を船で運びやすいからだ。

俺がこの工場で働き始めたのは、二十一の時だった。母子家庭に生まれ、頭も悪かった俺は高校を出てからも定職につかず、チンピラ同然だった。そんな嫌われ者の俺を、弓岡喜八《きはち》というこの工場の社長が拾ってくれたのだ。

軽トラのキーを差し込むと、バックミラーに映る青いビニールシートを見つめた。背負って運び出す間、大の男はこんなに重いものだと初めて知った。このままつぶされて、一緒に土に埋まり込んでしまいそうな感覚だった。ただし、殺したのは俺ではない。俺は遺体を運び出しただけだ。

もちろん、俺のしていることは犯罪だ。こうして遺体を運び出すのも勝手にしていることだし、もし殺人を疑われたらすべてを俺が引き受ける。どんな事情があろうと、このことがバレればこの工場は終わりだろう。つぶさせやしない。ろくでなしの俺を拾ってくれた喜八社長のため、工場で働くみんなのため……いや、そうじゃない。

俺は助手席に視線を落とした。そこには刺繍《ししゅう》の入った弓岡製鎖工業の古い作業着が置かれている。俺はその鳴川《なるかわ》という自分の姓を見つめながら、これを縫ってくれた少女のことを思い出した。弓岡翔子《しょうこ》……喜八社長の一人娘。初めて会った時、彼女の白いセーラー服が俺の目にはまぶしかった。

――鳴《なる》やん、すごいやん。うちのエースや！

認められたのは、この弓岡製鎖工業で働き始めてから二ヶ月ほど経ったときだった。まだ十五歳だった翔子はこの工場のアイドルだった。彼女は生まれてからまともに褒められたこともない俺に、初めて存在する意味を与えてくれた。翔子は誰にでも分け隔てなく優しかったから、それは彼女にとって何気ないねぎらいの一つだったのかもしれない。俺のことなどきっと何とも思っていないだろう。だが俺の方は決して忘れることはない。俺がこんなバカなことをしているのは、翔子のためだ。彼女がいなければ、生きる意味などなかった。

――この弓岡製鎖工業を、日本一の鎖工場にするんや。

翔子が俺にその夢を語ってくれたのは、近くの公園だった。頰に米粒をつけながら無邪気にそんなことを話す彼女は、きらきら輝いていた。きっとかなうはずもないし、馬鹿らしい夢だ。それでもそんなことはどうでもよかった。

視線を一度、工場敷地内に移した。弓岡製鎖工業の敷地は約千二百坪。地面には敷鉄板が張られている。目立つのは巨大な鎖だ。船舶用アンカーチェーンがいくつか大蛇のようにとぐろを巻いている。アンカーチェーンは一つの輪が九十センチ、長さは千六百メートルほどあり、海上での石油掘削にも使われる。溶接場近くにはチェーンの原形である棒鋼が搬入された状態のままで置かれていて、切断面にシールが貼ってあった。敷鉄板にフックをかけたクローラークレーンや、赤茶色をした種々のチェーンもあって、雨に打たれて規則的に飛沫《しぶき》を上げている。

俺はもう一度、バックミラーの中の青いシートに視線をやった。

いつまでもこの遺体を工場に置いておくわけにはいかない。車を出すと、俺は行くあてもなく軽トラを走らせた。荷台はがたがた揺れているが、問題はない。だがどこへ行く？　どうすればうまく遺体を隠せる？　海に沈めるという考えもあったが、それはダメだとすぐに否定した。

わかっている。翔子には俺への思いは何もないのだ。こうして勝手なことをするのは俺のエゴ。心のどこかには彼女に貸しを作ったという嫌な計算があるのだろうか。届くはずのない思い、独りよがりの騎士道……彼女を守っている自分が好きなだけなのかもしれない。それでもよかった。翔子は俺のすべてだ。誰にもあの笑顔を踏みにじらせはしない。そう強く決意すると、頭がくっきりしてきて、答えが見つかった。

――あそこしかない……か。

荷台に遺体を乗せたまま、俺はアクセルペダルを踏み込んだ。

第一章　轟音

1

残暑の厳しい日、夢前川《ゆめさきがわ》にかかる橋を電車が渡っていく。

夕焼けを浴びた電車は赤く染まっていた。午後六時前。今日も工場からは一筋、煙が上っている。新日鉄広畑病院前というアナウンスがあって、電車は夢前川駅についた。通勤時間帯だけあって降りて来る客が多い。

高架上にホームがあり、駅は下を潜《くぐ》れるようになっている。壁には自転車で通り抜けないでくださいという貼《は》り紙がしてあるにもかかわらず、中学生の自転車が数台、下を潜り抜けていった。裏手に回ると砂利道が堤防に向かって延びている。歩いて一人しか通れない狭い道だ。その砂利道を通って、堤防から製鎖工場で働く工員たちがやって来た。一日の仕事が終わった充実感に溢《あふ》れている。

夢前川駅を少し北へ上がると、小さな墓地の前にお地蔵さんがあって、どういうわけか小さめの麦藁《むぎわら》帽子をかぶっていた。作業員たちは交差点の手前、狭い路地で足を止めた。利庵《りあん》という小さな居酒屋に吸い込まれていく。

「へい、いらっしゃい！」

威勢のいい声に迎え入れられ、作業員たちは席についた。

居酒屋利庵は満席に近かった。店内には客の騒がしい声と、鉄板焼きの音が響き、演歌もかかっていた。扇風機の風が氷の柱にあたっている。クーラー代わりだ。自棄《やけ》になったように十個ほど風鈴が吊《つ》るされている。工員たちが席につくと、横にいた客がジョッキで生ビールを一気に飲んだ。

「萌《もえ》ちゃん、豚どろ一つもらうわ」

注文にはあい、と店員は元気よく返事する。萌と呼ばれたアルバイト店員は小柄で童顔、アヒルのような口元をしている。頭に載せた三角巾《きん》が愛らしく、調理実習を思わせる。萌は調理場の方に向かって注文を繰り返した。

「鳴《なる》やん、豚どろ一つや！」

鳴川仁《なるかわじん》は調理場ではいよと応じた。

タオルを頭に巻いた鳴川が持つどんぶりには山芋やキャベツ、豚肉などたっぷり具材が入っている。どんぶりに生卵を落とした。素早くかき混ぜると、鉄板の上に広げる。じゅわっという音がして、トッピングされたもやしやコーンが顔をのぞかせる。少し遅れて豚肉が焼ける匂いがした。

お好み焼きのように見えるが、どろ焼きという食べ物だ。固く焼かれることはなく、外はカリッとした食感で中はどろっとしている。客たちの前にはネギがたくさん入ったかつおだしスープが置かれていて、作業着を着た客はどろ焼きをたれに浸して、スプーンですくった。

おいしそうに食べてくれる客を見て、鳴川は口元を緩める。利庵店内は狭く、客はすし詰めのようになっている。ほとんどが近くの工場で働く作業員だ。一日の仕事を終え、心地よい疲れと共にジョッキで生ビールを飲んでいる。それに混じって部活帰りの中学生の姿もある。丸坊主の野球少年が二人、おやつ代わりに山芋入りどろ焼きを食べていた。吐き出される煙草の煙を吸っているがおかまいなしだ。

「鳴やん、山芋のステーキ追加や！」

「おう、山芋のステーキやな、わかった」

鳴川は注文に繰り返し応じた。アルバイト店員、鬼塚《おにづか》萌はまだ中学生くらいに見えるが、二十二歳だ。大学を卒業したものの就職できずにここにいる。この夏から雇い入れた。鳴川より十五も年下だが、いつの間にかあだ名で呼ばれている。

「おっちゃん、もう試合はじまっとんのか」

萌が訊《たず》ねた。口ヒゲのようにビールの泡をつけた工員が応《こた》える。

「もうじきや、投球練習に入った」

まだ六時前だが放送は始まっていて、滑り込みセーフでデジタルに移行したテレビが鳴川に無断でつけられている。老いも若きも客たちの話題の中心は野球だ。サンテレビ最強と地方局を礼賛しているところを見ると、高校野球ではなく阪神《はんしん》の話題のようだ。

鳴川は投球練習を見ながら、客たちの話に割って入る。

「これはええんちゃうか。馬体重が増えて引き締まっとる」

競馬場でパドックを見るような客に、なんで競馬やねんと萌はつっこんだ。対面の酔客が今日は勝たんとな、と煙草を吸いながら答える。利庵店内は阪神ファンのたまり場的様相ではないが、来店した阪神選手のサインや写真が飾られている。まだ二軍、鳴尾《なるお》浜《はま》の選手が多い。どろ焼きの湯気を浴びながら、鳴川は汗一つかいていない。二本のヘラを器用に使い、涼しい顔でどろ焼きの形を整えていく。投球練習から目を移し、その手際をさっきまでやかましく話していた四人の客たちは感心しながら見ていた。

「はいよ、豚どろ一丁完成や」

鳴川は出来上がったどろ焼きを差し出す。

「おお、センキュウベリマッチ」

客はおかしな英語で応じて、すぐにテレビに見入った。午後六時になり、プレイボールがかかったのだ。先頭打者は三振に切って取ったが次の打者をフォアボールで歩かせている。あかんという声が聞こえる。その時カランコロンという音が聞こえた。新しく客が入ってきた。製鎖工場の作業着を着た若い女性に、萌がいらっしゃいと元気よく挨《あい》拶《さつ》をする。

女性は長い黒髪をポニーテイルにまとめ、端整な瓜実顔はこんがりと日に焼けていた。豊満な胸元には弓岡《ゆみおか》という刺繍がある。弓岡翔子《しょうこ》……製鎖工業の二代目社長だ。

「鳴やん、この子児童福祉法違反とちゃうの？」

翔子は萌を見つめながら言った。萌は翔子を睨《にら》んだ。

「ウチは彼女や、エロカワのお姉さん、注文早《はよ》う決めえや！」

翔子は大袈裟《おおげさ》に驚いた顔を見せたが、途中から冗談であるとわかって口元を緩めた。

「ＡＫＢにいそうな子やん。どっちかいうたら吉本やろか」

「おべっか言うんやったら、ちょっと遅いわ」

萌は微笑みながら注文を受けた。

「じゃあ、いつものフルセットで」

ジンジャーエールと冷やしトマト、冷奴にどろネギ豚が翔子のいうフルセットだ。料金はしめて千三百円になる。翔子はたいてい硬貨を使わず、ポケットからバラで千円札二枚を出す。

鳴川は翔子が弓岡製鎖工業の社長だと萌に説明すると、注文の冷やしトマトを手早くスライスする。バジル風味のチーズとセットで出した。翔子がジンジャーエールを半分ほど飲んだ時に客の間からおいおいと声が聞こえた。阪神が初回からピンチを迎えている。

萌はテレビに見入っていた。一球ごとに深呼吸をしている。あまり仕事中という感じがしない。だがそれでいいのだろう。客たちも飾り気のない萌に好感を持っている。実際彼女が来てから客が増えた。これはたぶん、彼女の才能だ。

「よっしゃ、ナイス能見《のうみ》ちゃん」

　萌の言葉と同時に一斉に歓声が起こった。メガホンが叩《たた》かれている。何とか阪神がピンチを切り抜けたようで、客たちは安心して話し始めた。

「ところで鳴やん……」

「社長さん、あんたきったない作業着やなあ」

　翔子は鳴川に話しかけようとしていたが、萌が横槍を入れた。

「これしか着る服がないんや。昨日から洗濯機が急に故障して水が流れへんくなって」

　翔子は、バジル風味の冷やしトマトを口に放り込んだ。鳴川は作業の手を止めることなく言った。

「翔子ちゃん、それ五百円玉が詰まっとるんや」

　鳴川の言葉に、翔子は怪訝《けげん》そうな顔を見せた。周りの客も鳴川の言葉に少し驚いている。阪神がピンチを切り抜けた安堵《あんど》感もあって皆鳴川に注目した。その中をどろ焼きの材料を入れたどんぶりを手に持った鳴川は進む。鉄板の上に手際よく広げた。じゅわっという音がする。

「鳴やん、どういうことや」

　萌がメガホンを持ちながら聞いた。

「水が流れへんのは、何かが詰まっとるいうことやろ」

「わかるけど、なんで五百円玉やねん？」

「それはあれや……」

「もしかして鳴やん、どろ焼き探偵、推理ショーの始まりなん？」

翔子が途中で遮った。鳴川は得意気な顔をつくると、両手を広げて客たちに呼びかけた。

「そういうこっちゃ、みんな注目したって」

鳴川は店が終わると、民生委員のように近所の一人暮らしの老人を見に行っている。先月、失踪《しっそう》したおばあさんの行方を探し出して以来、どろ焼き探偵というその名前が定着した。命名者は萌だ。鳴川は皆の注目が集まるのを見計らって口を開いた。

「萌も翔子ちゃんもええか、水が流れんということは、排水口に何かが詰まっとるとはっきりしとる。怪しいのは硬貨。排水口に硬貨が詰まる際、十円玉、百円玉なら流れて行って詰まらへん。五百円玉がちょうど詰まりやすい大きさなんや」

萌はへえと感心しながら腕を組んだ。

「それに翔子ちゃんはいつも財布を使わへん。バラで札を出し、お釣りを受け取る。今日もそうやが、翔子ちゃんは先日もフルセットを頼んだ。千三百円。必然的にお釣りには五百円玉が混じることになる。どうせそれが詰まっとるんや」

「確認してみるわ」

翔子は工場に電話をかけた。業者に頼んで直しに来てもらっているところらしい。客たちが黙り込む中、翔子はホンマ？　と大きな声を上げた。

「大当たりや、鳴やん……業者がきて五百円玉が取れたらすぐに直ったらしい」

客たちは一斉に驚きの声を漏らした。

「どろ焼き探偵、今日も大手柄やな」

萌の言葉の直後、店内には拍手が起きた。はやし立てる口笛も聞こえる。鳴川は作業の手を止めると、ヒーローインタビューを受ける選手のように客に手を振った。

「毎度どうも、おおきに！」

鳴川は歓声に応じた。だが歓声は鳴川に向けられたものではなかった。ほぼ同時に阪神が先制点を入れたようで、鳴川は苦笑いを浮かべた。


まだ九月になったばかりなので日が昇るのは早い。鳴川は市場に仕入れに行くため、利庵というロゴが入った軽トラに乗った。市場に着くと、八百屋や多くの食堂経営者の姿があった。見知った人々に挨拶をすると、鳴川は新鮮な野菜を選んで購入した。野菜や豚肉など、鮮度を保持する一方でどろ焼きのたれの仕込みも忘れてはいけない。みりんや地酒、ただのかつおだしにふた工夫ほど加えてたれは完成する。

鳴川は三十七歳。母は姫路《ひめじ》の人間だったが、駆け落ちして東京で鳴川を生んだ。だが鳴川が幼稚園に通っている時に父は愛人と共に逃げた。父の失踪後、鳴川は母と共にこちらで暮らしてきた。

鳴川は十数年前まではこの店の常連たちと同じ弓岡製鎖工業で働いていた。だが今は辞めて、居酒屋をやっている。母が生前やっていた店を継いだ格好だ。母は当時としては洒落《しゃれ》た名前で杏里《あんり》といった。利庵は「あんり」を母が並び変えたもの。リアンは胡蝶《こちょう》蘭《らん》。フランス語で絆《きずな》という意味もあるらしい。鳴川が料理を学んだのは大手チェーン店だ。本当なら大手チェーン店の名前を冠するべきだが、特別に厚意で母がやっていた店の名前で商売をさせてもらっている。

仕入れから帰ると、営業時間前なのに店にはすでに何人かがいた。よくわからないが盛り上がっている。中心にいるのは大きな黒縁メガネをかけた七十近い女性だ。名前は藤井《ふじい》清子《きよこ》。元看護師だ。今日はどういうわけか柴犬を連れている。迷惑なのだが、常連なので文句も言えない。こちらに気づくと、藤井はジャジャーンと言いながら子犬を高く掲げた。

「ちょっと聞いて鳴やん、この子、半年ぶりに戻ってきたのよ」

「半年ぶり？　すごいやんか」

どうやら藤井の家から逃げ出した子犬が、久しぶりに無事に戻ってきたようだ。

「まだ小さくて家に来たばっかりだったの。だからはぐれちゃったときはもうダメだって思ったわけ。でも帰ってきた。うれしい！　昨日はもうほんと、泣いちゃったわ」

藤井は柴犬に頬ずりをしている。子犬は迷惑そうに舌を出していた。置いてあるどろ焼きのタレに興味があるようだが、犬には毒だろう。

「ホント、偉い子よねえ」

藤井は犬の鼻に自分の鼻をくっつけている。キスをするような格好だ。他の客たちが触らせろと言って犬の頭を撫《な》でた。昼間の客は老人が多い。病院やフィットネスクラブのようにここも老人のたまり場になっていくのだろうか。

　鳴川は藤井の連れてきた犬に顔を近づけた。

「探偵の立場から言わせてもらうと、この犬はメスや。人間で言うと十五歳くらい。ところで藤井さん、俺の推理ではこの犬の名前はドロシーやが、ちゃうか」

　問われて藤井は違うわよと言った。

「探偵じゃなくてもどう見たってメスでしょ？　だいたい鳴やん、どこからそんな名前が出てくるのよ。シャルロットって言うの、覚えときなさい」

「はあ？　どう見てもドロシーやん。この犬、口の周り黒うて泥棒みたいや」

　周りの客から笑いが起こった。

「ここはどろ焼き屋やしな」

　萌の言葉に何人かが吹き出した。ドロシーに決定やと言う声が店内を支配している。いつの間にか柴犬の名前はシャルロットからドロシーになったようだ。

「もう、だからシャルロットよ！」

「藤井さん、もう形勢は決まっとるんや、大人しくドロシーにしとき。まあどうしてもドロシーが嫌やったら、妥協してドロンジョでもええけど」

　藤井はムキになってシャルロットよと主張しているが、ドロシーコールが起こっている。鳴川は藤井を見ながら、元気になってくれたな、と思った。彼女は元看護師で、夫は飾磨《しかま》で産婦人科を営んでいた。夫婦共々店の常連で利庵には母の代からよく来てくれていた。だが夫が死んでからは塞《ふさ》ぎこむようになった。鳴川は三年ほど前から主任児童委員をやっていて、民生委員らとともに一人暮らしの老人を見て回っている。老人に限らず、人はどうしてもつながりがなくなると苦しくなり、追い詰められていく。変な気を起こす人もいる。そうさせないためにも声をかけあうことは重要だ。藤井はよく立ち直ってくれた。


人心地がついたのは午後二時過ぎだった。

店は十一時から十四時、十七時から二十三時に開けている。まだ昼の部が終わったばかりだが、すでにかなり疲労していた。工場で雇われながら働いていた時は残業があってそれなりに大変だった。だが雇う方はもっと大変だ。それが今になってわかった。萌がいてくれなければやっていけないだろう。鳴川は片付けをすると、服を着替えた。

「鳴やん、どこ行くんや」

「工場へ行ってくるわ、後を頼む」

萌は何の用やと言った。

「昨日、店に翔子ちゃんが来たやろ？　話があるようやったのにお前さんが邪魔してできひんかったんや。俺の推理ではあれは洗濯機が故障したとかいうどうでもいいこととはちゃう。もっと重要な話のはずや。あれがひっかかっとる」

「なんや、またおせっかい焼きに行くんか」

「そういうわけや、頼んだで」

自転車に乗ると、鳴川は弓岡製鎖工業へ向かった。夢前川駅の下をくぐり抜け、堤防から汐見橋《しおみ》を渡る。工場へは自転車で五分もかからずに着く。鉄鋼関係の工場が多い中で、千二百坪の敷地上に古びた工場が建っている。看板には無骨なゴシック体で弓岡製鎖工業と書かれている。

「おっさん、邪魔すんでぇ」

「邪魔するんやったら帰……あかん、また言わされるトコやった」

守衛に通されて工場内に入ると、耳をつんざくような音が聞こえた。敷鉄板の上を巨大なアンカーチェーンが車に引きずられていくのだ。アンカーチェーンが敷鉄板の上を引きずられると、鉄同士が当たって轟音《ごうおん》ともいうべきすさまじい音がする。まるで鉄橋を駆け抜ける電車の音だ。

その時、拡声器を使った大声が聞こえた。

「三番、そんなバリ取りじゃあかん。やり直し！」

鳴川はアンカーチェーンの轟音と格闘する大声に呆気《あっけ》にとられた。すぐ近くにある溶接場からだ。一階にある高さ五メートルほどの巨大機械から、四本の脚が伸びていて、それぞれ一から四の番号がふられている。

「ああ、もうまどろっこしいわ。代わって」

むさくるしい男性ばかりの中、翔子は張り切って働いていた。揺れるポニーテイルの下、白いTシャツの背中には汗に濡れてブラジャーの線が浮かんでいる。それにしても暑い。業務用巨大扇風機と、溶接場の上部からエアコンの風が必死で温度を下げようと頑張っている。作業員たちはゴーグル以外、溶接用の作業服を着ているだけだ。ただでさえ暑い中、汗を拭《ぬぐ》いながら必死で作業をしていた。皆、褐色の太い腕をしている。

翔子はバリ取りの作業について実演しながら若い作業員に指示を出していたが、鳴川に気付くと手を振った。

「鳴やん、こんにちは！」

「おう！　翔子ちゃんがんばっとんなあ」

「貧乏暇なしや」

翔子は元気に応じた。薄着の上に汗で体の線が強調され、目のやり場に困る。ごまかすように鳴川は落ちていた鉄アレイの様な物を拾い上げた。鎖の輪の中央にはめて補強するスタッドだ。鳴川が製造番号の合うかごに入れると、ゴトンと鈍い音が聞こえた。

忙しそうで、とても訊ける雰囲気ではない。仕方なく作業場を後にして、鳴川は事務棟の中、社長室に向かった。鍵《かぎ》は開いていて、社長室では太った男性がうたた寝をしていた。白髪交じりのくたびれたパンチパーマ、管理部長の山崎祥二《やまさきしょうじ》だ。社長室といっても翔子の部屋というより山崎の部屋と化している。ヤニくさく、大スポや競馬の本、小さなテレビとアダルトDVDなど、おおよそ会社経営には無縁な物が目に飛び込んでくる。よだれが垂れて、書類を汚しそうだった。鳴川は近寄って彼を起こすと、山崎は目をしばたたかせながら顔を上げた。

「なんや、鳴やんか……ん？　ちょっと眠ってしもとったか」

鳴川は笑みを返した。パンチパーマだけでなく、クセのあるちょびヒゲにも白髪が混じっていた。この山崎は翔子の遠縁で、十数年前にこの工場に招かれた。

「それにしても寝ると気色ええわ、十秒くらいでもなあ」

残念ながら一時間以上は眠っていただろう。社長でもないのに社長室を占領する山崎の無邪気な言葉に、鳴川は無言で苦い笑いを返した。机の上には決算書が載っている。

鳴川は無造作に放り出された決算書を眺めた。ただ、親しい仲にも礼儀ありだ。手に取って見るわけにはいかない。相談というのはやはり経営のことだろうか。山崎は一度トイレに行くと、腹をポンポンと叩《たた》きながらやってきた。塩をまいた後の相撲取りのようだ。

「鳴やん、あんた決算書読めるんやったか」

「バッチシですわ」

鳴川の返事に山崎はすごいやんけと言った。

「読むだけやったら。意味はわかりませんけど」

「何やそれ……オレも全く駄目や、キャッシュフロー計算書？　個別注記表？　なんやそれ、ちんぷんかんぷんや。それに自慢するわけやないが、一センチ以下の細かい字は読めん」

山崎は得意げに笑っていた。一応、経営の責任者なのだが。

「ところで山崎さん、昨日翔子ちゃんが店に来たんです。言い出せへんかったようですが、何か相談事があったようで……どんなことか心当たりないですか」

山崎はくたびれたパンチパーマをボリボリやりながらこっちを見た。知っているようだ。どういう相談なのだろう？　先日は野球少年のいじめの相談にも乗ったし、その前は生活保護を受けている老人の世話もした。

「何でも言うてください」

だが山崎は無言で立ち上がると窓の外を眺めた。駐輪場が近くにあって、その向こうは溶接場になっている。はっきりとは見えないが、翔子がまた大声で指導をしているようだ。

「さすがにどろ焼き探偵やな」

「……会社のことですか」

山崎はうつむいた。今のところ、会社の経営は順調に見える。経営が問題でないなら、何なのだろう？

「翔子ちゃんが張り切りすぎて、古株の工員が反感を持っとるんですか」

問いを続けると、山崎はいいやと首を横に振った。

「あの子はようやっとるよ……昔から会社のアイドルやったろ？　誰も反感なんぞ持っ

とらん。あえて言うなら自分の肉体的成長を自覚していないところくらいや」

鳴川は苦笑するが、山崎は笑わなかった。

「鳴やん、石井《いしい》鉄鋼って覚えとるやろ」

その問いに、鳴川は少し間をおいてからはあと答えた。石井鉄鋼は弓岡製鎖工業と昔から提携している網干《あぼし》にある会社だ。アンカーチェーンを作るためには棒鋼が必要になる。アンカーチェーン用棒鋼を用立ててくれていた。だが石井鉄鋼は鳴川が辞める前に社長が交代した。先代の社長は律儀ないい人だったが、跡を継いだ息子の石井一樹《かずき》はちゃらんぽらん。女とみると誰でも口説きたがるような奴だった。

「石井は去年、会社を潰《つぶ》しよった。それだけでなく借金を残して夜逃げした……」

知っている。さもありなんというやつだ。むしろあんな社長でここまでよく持ったというべきかもしれない。山崎は弓岡製鎖工業と、石井鉄鋼の関係について語る。それらはすべて知っていることだった。ただ最後に山崎が言ったことは初耳だった。

「翔子ちゃんは石井一樹の連帯保証債務に追われとるんや」

鳴川はその言葉にえっと声を上げた。

「彼女と石井はちょっとなんや……色々あったからな」

鳴川は視線をそらした。そのとおりだ。翔子は石井と付き合いがあった。親同士が親しいことから縁があったのだ。翔子が二十代の頃、石井に頼まれて経営の手伝いをしていたことは知っている。ただここ数年、自分は石井を見たことがない。女を作ってどこかに行っているらしく、おそらく翔子ともほとんど会っていなかっただろう。二人は切れていると思っていた。ましてや会社倒産後、石井は失踪《しっそう》している。

「翔子ちゃんは石井鉄鋼の雇われ社長やったんや」

「雇われ……社長？」

「ああ、名前だけで従業員と同じ。給料もろうとる社長のことや。翔子ちゃんは石井の代わりに経営をやっとった。鳴やんも知っとるやろ？　会社で金を借りるとき、社長が連帯保証しないことには貸してもらえへんことを。大会社ではともかく、ウチら中小では常識や。そしてそれはこういう名目上の社長でも同じこと。つまり石井が逃げたせいで、請求が全額、翔子ちゃんのところに来とるいうわけや」

鳴川はあっけにとられた。

「仮にそうでも、翔子ちゃんは雇われ社長なんぞとっくに辞めとるやないですか」

問いかけるが、山崎は首を横に振った。

「それは翔子ちゃんも言うとった。石井の話では代表取締役社長の登記も外したそうや。だがそれはウソやったらしい。債権者が証拠の登記を持ってやって来たそうや」

「そんなアホな！」

鳴川は叫んだ。悪いのは一方的に石井ではないか。だがおそらくこんなことを言い立てても無駄だ。口約束では言った言わないの水掛け論になるし、もう石井は失踪している。残るのは決定的な物証である翔子の代表取締役社長の登記だけだ。

鳴川はしばらく黙っていたが、やがて静かに口を開いた。

「それで山崎さん、翔子ちゃんが負った連帯保証債務はナンボなんです？　可能な限り、俺が用立ててみます。萌のおかげで経営はようなっていますから」

山崎は今更ながらに、後悔の表情を見せた。

「……三億二千万円や」

ため息とともに吐き出された金額に、鳴川は言葉を発することができなかった。

2

汐見橋の上から見える夕映えは、どこか憎らしかった。

店への帰り道、鳴川の足取りは重い。川岸に留められた船は夕日を浴びて綺麗《きれい》だったが、石井鉄鋼のことが浮かんで鳴川はため息をつく。あまりにもばかばかしい連帯保証の金額にすっかり打ちのめされていた。鳴川は店を始めてから少しずつ貯金をしている。だが貯まったのは百五十万ほどだ。三億どころか端数の二千万すら到底用意できない。

夢前川駅の下をくぐり抜けると、やがて利庵が見えてきた。

店の前には見かけない車が一台停まっていた。鳴川は外から中の様子を窺《うかが》った。営業前だというのに客が騒いでいる。中心にいるのは萌と化粧の濃い女性だ。女性は長い付けまつ毛に金色のネイルアートを施している。髪は茶色で外ハネというのか肩口でピンとはねている。若作りしているが、もう四十も半ばだろう。横に五十歳くらいの大人しそうな男性がちょこんと座っていて、無言でメニューを見ていた。

「あれ、鳴やんもう来たん？」

こちらに気づくと萌が手を振った。鳴川はいらっしゃいませと客に笑顔を送る。女性客はこちらを向いた。

「あんたが鳴川さん？　どうも初めまして。ウチの萌がお世話になっております」

女性は立ち上がると大袈裟《おおげさ》に礼をした。横の男性もあわせて赤べこのように何度かお辞儀をした。鳴川はよくわからないまま、どうもと言いながら後頭部に手を当てた。

「ウチのお父ちゃんとお母ちゃんやねん」

言われるとなるほどと思う。萌の母親は小柄で化粧の濃さ以外萌とよく似ている。逆に父親はまるで似ていない。料理食べてくわ、という萌の母親の言葉に促されて、営業時間前なのに鳴川は準備を始めた。

「なあ鳴川さん、ここ何がうまいんや」

ネギどろを焼くのに忙しい時を見計らったかのように女性は訊《き》いてきた。

「なんでもうまいつもりですけどね。強いて言うならどろ焼きやろか」

萌の母親はさよかと言って椅子に座った。細い足を空いているイスに投げ出し、メニューを見た。

「ふうん、それやったらどろ焼きいうんちょうだい。トッピングはそやなあ、トマトに餅《もち》にコーン、ホウレン草、山芋、獅子唐《ししとう》、もやし、納豆、焼きそばでええわ」

無茶苦茶なトッピングだ。いいのだろうか。しかもよく考えてみると獅子唐などメニューに書いていない。それを指摘し、親切心で全部一緒に入れるのかと訊くと、萌の母親は違うと言った。

「プチどろ焼き作ってそれぞれに入れてみてや。食べ比べたるよって」

「お母ちゃん、無茶苦茶言わんとき」

萌もかなり厚かましく常識はずれだが、母親はそれ以上のようだ。

「ううん、それはちょっと無理ですわ」

鳴川は努めて丁寧に言った。

「さよか、ほんなら普通のどろ焼きでええわ。ウチが言うた分だけ全部作って」

鳴川は仕方なく女性の注文通りにいくつもどんぶりを用意し、具材を準備する。熱いので気を付けてと言うと、目の前にある鉄板に一つずつ載せて焼いて行く。最初のコーン入り豚どろが焼きあがると、萌の母親はさっそくスプーンですくって食べた。

「書写山《しょしゃざん》みたいに、ネギようけ積んだって」

タレに注文をつけると、スプーンですくって萌の母親は食べていく。鳴川は意地になったようにどろ焼きを作っていった。

「はあ……もう食べれへんわ、後はあんた食べ」

降参したかのように萌の母親は言った。残飯処理を任された萌の父親は不満そうな顔でモゴモゴと何かを言っていた。だが権力関係は明白で黙って食べ始めている。萌はその様子を見ながら微笑んでいた。

「お父ちゃんこう見えても姫路城近く、五軒邸《ごけんやしき》にある鬼塚建材の社長さんなんやで。従業員もそこそこおる。弓岡製鎖工業くらいの規模の会社や」

萌の父親は恥ずかしそうに笑っている。そうなんやと鳴川は応じる。だがどこか心の奥がチクリと痛んだ気がした。山崎から聞かされた翔子の話がよぎったのだ。社長か……萌の父親とはいえ初対面で連帯保証債務のことを頼むことなどできない。だいたい大企業ならともかくこの不況下だ。社長といってもどこも厳しいだろう。三億二千万などポンと出せるはずもない。


その日、客が捌《は》けたのは午後十一時半だった。

萌も家に帰り、鳴川は片付けを終えると店の奥に引っ込んだ。仏壇の上に置かれた写真は母で、店をやっていた頃のものだ。男運には恵まれなかったが、優しい母だった。さらに横にはもう一枚写真があった。弓岡製鎖工業の写真。そこには五人の人物が写っている。前列中央にいるのは六十過ぎの男性。弓岡喜八《きはち》というこの会社の社長だ。生前喜八社長には世話になった。弓岡製鎖工業を辞め、店を継ぐと言い出したときも快く送り出してくれた。料理人になるために修業する手配までしてもらった。

喜八社長の横に高校生の少女がいて、さらに後列に青年が三人写っている。青年たちはいずれも二十代前半だ。浅尾《あさお》昌巳《まさみ》、池内《いけうち》篤志《あっし》、鳴川の姿もある。鳴川は痩《や》せていて、どこか神経質そうに見える。もう十四年も前の写真だ。この頃はみんな若かった。みんな幸せだった。鳴川の視線は少女に向いた。大きめのリボンで髪を束ねた愛らしい少女だ。天真爛漫《てんしんらんまん》というべき笑顔を見せている。弓岡製鎖工業のアイドル、みんなこの少女が好きだった。

「翔子ちゃん……」

鳴川は小さくつぶやいた。三億二千万円など返せるはずがない。自分がどれだけ借金に駆けずり回っても一千万さえ無理だ。今まで色々な苦しみを抱えた人の相談に乗って来た。借金の相談もあった。決して裕福ではないが、十数万くらいなら用立ててやったこともある。悩み苦しみ、特に人間関係の問題は情で解決もできる。貧しくてもみんなで支え合っていくという精神。それがこの夢前川にはある。

だがこういう借金をめぐる生々しい問題はどうしようもないことが多い。利庵に来てくれた客の中にも、借金で夜逃げしていった人が何人かいる。その度ごとに無力感に苛《さいな》まれる。それでもこんなのは初めてだ。どうやって三億もの金を用意しろというのだろう。どうして翔子が石井みたいなクズのせいでこんな目にあわなければいけないのか。だが怒っても事態は解決しない。やれることをやるだけだ。

翌日、鳴川は軽トラに乗った。

つくつくほうしが最後の力を振り絞って鳴いている。今日も暑く、軽トラの冷房は最強モードにしてある。向からのは姫路駅の方だ。北条《ほうじょう》というところに法テラス姫路がある。以前店に来た客の相続放棄をめぐる金銭問題の相談にのった。だがよくわからずにここを紹介したところ、うまくいった。法テラスは日本司法支援センターという数年前から始まった機関で弁護士や司法書士が相談に乗ってくれる。所詮《しょせん》自分は素人だ。プロに任せた方がいい。

「ああ鳴川さんですな、どうもどうも……暑いですなあ」

出迎えたのは、四十代半ばの弁護士だ。クセのきつい頭髪を強引に七三に分けている。太っていて、ベルトが苦しそうに悲鳴を上げていた。扇子をさかんにバタバタとやっている。鳴川は早く結果が知りたくて、焦りながら事情を説明した。

「どうなんでしょうか。はっきり言うたってください。翔子ちゃんは連帯保証人になったそうですが、彼女は三億二千万もの連帯保証債務を負わなあかんのですか」

問われて弁護士はしばらく何も言わなかった。色よい返事がくる感じはしない。おそらくはダメなのだ。死んだ母が病気になった時の、医者の態度とそっくりだ。

「そのお話のとおりですと、厳しいですね」

「厳しい言うんはどういう意味です？　全額払え言うんですか」

鳴川はすぐに嚙《か》みついた。弁護士は申し訳なさそうに首を縦に振った。

「ええ、連帯保証人には普通の保証人にある検索の抗弁、催告の抗弁がありません。取り立てに来られたとき、債務者に請求してくれとか、調べてくれとか言えないんです。

つまりは債務者と同じ……よく言われますがそのとおりです。払うべきなのは全額ということになりますね」

鳴川は黙り込んだ。やはりダメだった。目の前が真っ暗になった。底の見えない穴の中に吸い込まれていくようだ。だが必死で前を向く。

「そんなこと言うとるんやないんですわ。連帯保証人の怖さは俺も知っとります。連帯保証人は債務者と同じ――このフレーズも漫画で見ました。アパートとかの形式的なモンでも安易に連帯保証人になったらアカンいうことくらいわかっとるんです」

「そうですか……」

「そういう安易さの責任を負わなあかんのは理解できます。けどこの場合、悪いのは一方的に石井のクズや。翔子ちゃんに何の責任がある言うんですか」

鳴川は必死で抵抗する。だがそれはいちゃもんといえるレベルのものだった。人の情や筋を通すなど法律の前では無力。弁護士は大きく息を吐き出した。

「その長山という債権者が言うとおり、雇われ社長による形式的な連帯保証ではあっても有効です。効力は何ら変わらない。弓岡さんは石井鉄鋼の雇われ社長を辞める際に取引先に出向くなどして、もう自分は雇われ社長ではないとはっきり示さなければいけなかった。登記が抹消されたことをもっとちゃんと確認しなければいけなかった。つまり言いにくいことですが……」

「どうしょうもない……そういうことですか」

絞りだすような問いだ。弁護士はええと応《こた》えた。

「弓岡さんが連帯保証債務を負うことに関してはどうしようもありません。あと残された道は、何というか……」

「破産するしかあらへん……そういうことでしょ？」

「鳴川さん、怒りはわかります。ただ破産といいますと、すべてが無に帰してしまうように思われますがそうではありません。贅沢《ぜいたく》しなければ通常の暮らしも可能です」

何の慰めにもならない言葉だった。破産が人生すべてを失うものでないことは知っている。だがこの日本において再チャレンジなど絵空事だ。間違いなく弓岡製鎖工業は倒産するし、再生もできない。自分は知っている。翔子には子供のころから夢があった。弓岡製鎖工業を日本一の製鎖工場にすることだ。彼女はそれだけ喜八社長を尊敬していたし、工場を愛していた。そしてそんな翔子をみんな……製鎖工場がつぶれてしまっては翔子には何も残らない。破産しか道がないならそれは彼女にとって死刑宣告に近い。

長い沈黙が流れた。うつむく鳴川に弁護士は声をかけた。

「連帯保証人制度……これは五人組とかそういうものと根が同じなんです。連帯保証人には破産するほどのリスクがあるのに、何のリターンもない。今回の場合など本当に酷《ひど》いですね。自己責任……こんな言葉ではとても肯定できない。特に日本の中小企業の現状を考えればこういう悲劇、十分あり得ることです。多くの士業の人たちが言っていますが、こんな制度は廃止されるべきなんです」

弁護士は連帯保証人制度を批判していた。それは鳴川を慰めようとして放った言葉だったのだろう。だが連帯保証人制度が理不尽であろうが、今の境遇に変わりはないのだ。鳴川は心のこもらない礼をすると、法テラスを後にした。

法テラスからの帰り道、鳴川は弓岡製鎖工業に立ち寄った。

来ても仕方ないと思いつつも来てしまった。法テラスでもダメならどうすればいいというのか。自分が工面できる金など知れている。店の客も皆同じだろう。借りる金はあっても、貸す金はない状況で寄り集まってきているのだ。破産という選択肢を受け入れるしかないのだろうか。弓岡製鎖工業の前にはどういうわけかバスが停まっていたが、鳴川は構わず中へ入った。

事務所に行くと山崎はいなかった。鳴川は翔子の様子を見ようと作業場に立ち入った。アンカーチェーンが鉄板に当たって轟音《ごうおん》を響かせる中、溶接場に向かう。火花が散っている。フラッシュバット溶接という方法で鎖が連結されていく。慢性的に人手の足りない溶接場では皆、汗水たらしながら作業をしている。溶接場の夏は地獄だ。どうしても水分の過剰摂取を引き起こす。鳴川はゴーグルをかけた一人の作業員に話しかけた。

「浅尾、翔子ちゃん知らんか」

色黒の作業員は作業中に邪魔をするなという顔でこちらを見た。作業員の名前は浅尾昌巳。鳴川がここで働いていた当時からいるベテラン工員だ。年齢は一つ下だが同学年。

寡黙でこちらから喋《しゃべ》りかけないとまず口を開かない。

「第三作業場ちゃうか」

ゴーグルを外すと、浅尾はぶっきら棒にアゴで示した。

「さよか、おおきに」

鳴川は背を向けた。だが一度立ち止まると、振り返った。

「お前もたまには利庵に来いや」

浅尾は作業をしたまま無言で軽く手を上げた。わかったという意味なのか、作業の邪魔をするなという意味なのかわからない。悪い奴ではないのだが、相変わらず無愛想だ。

鳴川は浅尾に言われた通り、第三作業場に向かった。階段を上ると、そこには翔子の姿があった。だが同時に幾つかの小さな瞳《ひとみ》が、ガラス越しにアンカーチェーンを見ていた。

視線の先にあるのは十五万トンタンカーの百七ミリチェーンだ。一度熱せられた巨大アンカーチェーンがすぐにロボットによって水に浸されていく。計器の数値は徐々に下降。海水に浸されることでチェーンの温度が下がっているのだ。

弓岡製鎖工業には子供たちが詰めかけていた。社会科見学だ。さっきのバスはそのせいか。女性教員に引率されて、小学生たちが数十名、プロフィルメーターの上から焼き入れの様子を見ている。巨大な海ヘビのようにアンカーチェーンは海水の中を泳いでいる。その様子にでけえ、という声が聞こえた。チェーンといってもここまで大きなものは見たことがないのだろう。鎖の製造現場など見て楽しいと思えるのか疑問だが、意外と子供たちは熱心に見ていた。

「さっき溶接の様子は見たやろ？　長い鉄の棒が、飴《あめ》みたいに曲がって出てきたよね？　あの鎖がここに運ばれて来たんです。今やってる作業は焼き入れっていうんや」

子供たちはへえという顔を浮かべている。翔子はニコニコしながら説明をしていった。山崎に聞かされていなければ、自分はきっと彼女の苦悩に気づいていない。

「焼き入れは強度を増すために千度近くに加熱した後、急に冷却します。一方焼き戻しは少し違い、チェーンの粘りを増すために六百度くらいで再加熱した後、急速に冷却するんやで」

子供たちはガラス越しにアンカーチェーンを眺めている。珍しい物に興味があるのだろう。大きなタコの足みたいやという声が聞こえた。

縦ジマの服を着た太った少年が、問いかけてきた。

「社長さん、何で二回も焼くん？」

まるでタコでも焼くような口調だった。問いに翔子は笑みを返した。

「チェーンを強くするためや。でもそれだけとちゃうんよ。変な言い方やけど、鎖に弾力が欲しいの。わたしは生きた鎖って呼んでる。こっちの水、実は海水なんよ。逆に焼き戻しの時は普通の水、こうすることで強度と粘りを兼ね備えたチェーンが造られていくわけ」

　ふうん、と少年は鼻の穴を広げ、引率してきた教員に促されてありがとうと言った。三億もの連帯保証債務を抱え大変だろうに翔子は明るく振る舞っている。その様子に鳴川は胸が締め付けられる思いがした。

「他に質問、ない？」

「お姉ちゃん、別嬪《べっぴん》さんやけど彼氏おんの」

不意打ち的な質問に、翔子は苦笑しながら首を横に振った。

「ほんならしゃーないよって、オレがなったるわ」

隣の太った少年が逆玉やと言った。笑い声が起きている。女性教員はおかしなこと訊《き》いてすみませんという顔だ。

やがて子供たちは帰っていった。鳴川も帰ろうとしたが、翔子に気付かれてしまった。いや、本当は気付いて欲しかったのかもしれない。

「あれ？　鳴やんおったんか」

問いかけに、鳴川は苦笑いを返した。

「山崎さんに聞いたわ……連帯保証債務のこと」

思い切って切り出すと、翔子はため息をついた。

「わたしが……あかんのや」

翔子は言葉を切ると、海水の中を泳ぐ巨大なアンカーチェーンを見つめた。アンカーチェーンはまるで大きすぎる海蛇のようだった。

「あんなろくでなしと縁が切れへんかったから」

夕日を浴び、翔子の目は少し潤んでいるように見えた。鳴川は口を閉ざした。はっきり言ってそのとおりだ。石井がダメな奴だということは昔からわかっていた。親の脛《すね》かじりしかできない女たらし。さっさと別れればよかったのだ。だがそんなことは自分からは言えない。

「連帯保証人についてはわたしにも落ち度があったんや。雇われ社長の登記が抹消されたかどうかちゃんと確認せんかったから……」

鳴川は言葉に詰まった。さっき法テラスでも聞いたが、何とも酷だ。登記が抹消された確認までしなければいけないなんて……口頭で抹消したと言われたら信用してしまうのが人情だ。社長は会社の連帯保証をするものだし、中小企業はそういうつながりでなりたっている。認識不足だった——そういわれればそうだが、よくある気安く連帯保証人になったケースとは全然違う。翔子の落ち度と、負わされる責任はあまりにもアンバランスだ。

「こんなことで会社を潰《つぶ》したら、お父さんに顔向けができひん」

鳴川はそれ以上、かける言葉がなかった。下手な励ましは逆効果だ。三億二千万は巨大すぎる。間違いなく弓岡製鎖工業は倒産するし、再生もできないだろう。

翔子はこちらを向くと、無理に微笑みながら言った。

「でもわたしは大丈夫や。鳴やん、心配せんといて」

少し前に翔子は言っていた。父が作ったこの弓岡製鎖工業を日本一の製鎖工場にすることがわたしのすべてだと。製鎖工場がつぶれてしまってはその夢は砕ける。それどころか債務以外に何も残らない。

「翔子ちゃん、破産するつもりなんか」

「ううん、お父さんが作ったこの工場はつぶさせへん。それがいまわのきわの約束やったし」

そんな方法があるというのだろうか。いくら工場の調子が良くても、三億もの債務を返す事はこんな中規模会社社長では無理だろう。

「翔子ちゃん、無理せず俺に……」

「大丈夫、ホンマに大丈夫やから!」

翔子は背を向けて走り去った。鳴川はそれ以上何も言えなかった。

作業場の外に出ると、日は少し西に傾いていた。もうそろそろ一日の生産終了の時間だ。アンカーチェーンを引きずる音はしない。ぞろぞろと作業員たちが控え室に向かって行く。鳴川に明るい声で挨拶《あいさつ》をすると、店行くわと言って何人かが充実した顔で通り過ぎて行く。おいしそうにビールを飲む真似をしている作業員もいた。いい仕事したという表情に見える。だが彼らは知らない。この工場はこのままではもうすぐ終わりだということを。

鳴川は溶接場内に向かった。巨大機械から四本の脚が出ている。溶接場は有資格者だけが集まる作業場だ。ここがチェーン製造の核となる。

――池内、お前がいたらどうしてた？

十四年前、鳴川と浅尾、そして池内篤志という若い三人が溶接場を支えていた。特にエース格だったのが池内だ。いい加減な奴だったが、仕事はできたし頼りにもなった。だがもう奴はいない。

溶接場ではチェーン丸棒を曲げる屈曲、曲げた棒鋼を繋《つな》いで鎖にする溶接、繋いだ鎖の余分を取り除くバリ取り、形を整える製環の四工程が行われる。だが機械はすでに止まっている。製造記録のところには今まで見たことのない数字があった。

「なあ……これって一日の数字なんか」

鳴川の問いに、残っていた工員はもちろんと言った。鳴川は信じられない思いだった。そこに記録された数字は、かつて鳴川が働いていた時代の鎖製造記録を大きく更新していた。新しい機材が導入されたわけではない。翔子が工程に工夫を加えたということだろう。

「昔と違うんはターンテーブルの速度設定変更や棒鋼の搬入、作業員の休息の取り方など細かい部分を変えたことですね」

そんなことでこれだけ数字が上がるのだろうか。だが工員は詳細に説明していく。それらは確かにすべて理にかなったことだった。品質という意味でどうなのかとも思ったが、管理部でスタッドリンク寸断実験をやると、喜八社長が指揮していた時よりも強度が向上しているらしい。翔子の頑張りがよくわかる。

鳴川は軽トラに乗り込んでエンジンをかけた。

だが発進させずに冷房が効いてくるのを待った。弓岡製鎖工業はいい工場だと思う。この素晴らしい工場があんなくだらないことで潰れるなど社会の損失だろう。ましてや父の遺産、自分の夢の結晶……翔子には耐え難いに違いない。破産などしないと強がることも納得できる。

鳴川はグローブボックスから箱のようなものを取り出す。二十年以上前のカセットテープだ。それを軽トラのデッキに差し込む。再生ボタンを押すと、メロディが流れてきた。何年ぶりだろうか。久しぶりにこの曲が聴きたくなった。

軽トラはやがて工場を発した。店まではすぐに着くが少しだけ遠回りをする。白浜《しらはま》の宮《みや》の辺りには製鎖工場が多い。あまり知られていないが、姫路は日本の鎖の七割を生産する鎖の街だ。だが倒産する工場もあり数は減っている。不況はここにも影を落としているのだ。播磨灘《はりまなだ》に夕日が当たるのを見ながら鳴川は翔子のことを思った。なんとかして救ってやりたい。彼女の夢を守りたい。

かかっている曲は『もうひとつの土曜日』。鳴川はずっと前からこの曲が好きだった。想いを寄せる女性には男がいる。だが諦《あきら》めることなどできずにそっと見守っている。そんな歌詞だ。鳴川はこの曲が好きであることすら黙ってきた。自分と重なるから。

軽トラは夕陽の中、夢前川に戻った。夕日が沈んでいく。その消えかけの赤い夕日を見ながら鳴川は思う。翔子はこちらの想いに気づいていないのだろう。だが自分はこの二十年近く、ずっと翔子だけを想い続けてきた。翔子が絶望の淵《ふち》にいる今、彼女を助けたら、自分の方を振り向いてくれるのではないかという思いがある。こんな考えは卑しいよな……。

やがて曲は終わった。利庵に戻った鳴川は『もうひとつの土曜日』のカセットテープを取り出すと、ケースに入れてグローブボックスにしまった。さっき翔子は彼氏はいるのかという小学生の問いにかぶりを振った。だがその否定に自分は石井への未練を感じ取った。どうしてあんな奴に……そう思ってしまう。嫉妬におしつぶされそうになるのだ。

店に戻り、着替えてタオルを頭に巻いた。

「ここにおるがな。君を一番想っとる男は……」

鳴川は製鎖工場の方を向きながらつぶやいた。

3

九月に入ったが、相変わらずの熱帯夜だった。

夜十一時半。鳴川は軽トラを姫路駅方面に走らせていた。助手席にはまだ小さい少年が乗っている。鳴川はネオン街の一角にある駐車場に軽トラを停めた。

近くにあるマンションをエレベーターで七階まで上がると、黒いワンピース姿の女性が出てきた。三十前後、やや疲れた顔をしている。

「こんなこと頼んでホントにごめんね、鳴川さん」

そう言ったのは利庵に子供を預けている女性だ。茉莉花《まりか》という名前で通っている。

少年と手を繋ぐと女性は封筒を鳴川に渡した。

「これほんの気持ちだから」

封筒には万札が数枚入っていた。給料が出たのだろう。鳴川は困りますわと言って返した。だが茉莉花はどうしても受け取って欲しいと言ってきかない。この茉莉花は軽率でこうなった。十代の頃、惚《ほ》れた男の金策のために身体を売り、挙句に捨てられたらしい。それでも必死で生きようとしている。利庵に来る客の多くはそういう悲しみを背負っている。

「仕事、ええ加減辞められへんの？」

鳴川の問いに茉莉花は少年の方を見た。

「ううん、もうちょっとだけね」

それは前と同じ答えだった。もうちょっとと言いながら、長い間彼女はこの仕事を続けている。肌も手入れしているのだろうがかなり荒れていて、化粧しなければ鳴川より年上に見えるだろう。

「借金、まだあるん？」

鳴川の問いに茉莉花はかぶりを振った。

「それはもう返したわ。しらさぎＢＡＮＫって連帯保証人なしで貸してくれるトコがあって金利も安いし助かったの」

連帯保証人なし……どこのお人好しがそんなことをするというのか。おいしい話には裏があると昔から相場は決まっている。だがそれでも鳴川はその話が気になった。しらさぎＢＡＮＫについてもう少し説明を聞く。

「消費者金融じゃなくＮＰＯ法人らしいわ。鳴川さん怪しいと思っているようだけど大丈夫よ、理事長の小寺沢《こてらさわ》って人は翔子ちゃんのお父さん、喜八社長とも知り合いだったそうよ。すごく優しくしてもらったもの。だからもう借金はないの。最初はこの仕事、借金を返すためだった。すぐやめるつもりでいた。でもいつの間にかずるずる行って……今は他に稼ぎ方が分からなくなっちゃった」

いざ辞めて今と同じ程度の暮らしができるかと言えば無理だ。一度身についた暮らしはそうそうやめられない。

「わたしはこの仕事が長いけど、今の子も同じね。わたしと同じようにやってくる。若いうちは指名も多くて贅沢《ぜいたく》もできるんだけど、辞められずに続けちゃうのよね。刹那《せつな》主義とか言うんだったかしら？　くだらない欲望に弱いの、負けちゃうのよ」

茉莉花は結局は甘えね、と言った。本人もわかっているのだ。どうこう言っても本人の自覚次第だ。鳴川は説教のようなことは言いたくなかった。

「鳴川さん、どうしても受け取って欲しいの。わたしの気持ちが収まらないから」

茉莉花は封筒を渡そうとする。鳴川は困った顔で言った。

「じゃあしゃあない。今度店へ来て豚どろ食ってってや」

「鳴川さん……」

そこで茉莉花は言葉を切った。鳴川は振り向くと扉の方を見た。茉莉花の息子が心配そうな顔でこちらを見ている。

鳴川は微笑みつつ言った。

「ただし二人で来たってな」


翌日は定休日で、鳴川は夢前川から山陽《さんよう》電鉄に乗っていた。

乗り込んできた女子高生たちが、大声で話しながら下敷きで風を胸元に送っている。ルーズソックスは最近見なくなったが、ネイルアートをほどこし、濃い化粧をしている。

鳴川は視線を外して外を見た。こびりつくように頭にあるのは翔子のことだ。昨日の茉莉花のことが浮かぶ。彼女も借金を背負わされるまでは真面目な少女だった。以前見せてくれた写真には、愛らしいが垢抜《あかぬ》けない田舎娘が写っていた。純粋に一人の男を思い、そのために身を売る羽目になった。鳴川が心配するのはそれと同じことだ。

「それで彼氏が車買《こ》うたんやけどな……」

女子高生たちの声で思考が中断する。窓の外に古い映画ビルが見えてきた。平日だというのに観光客の数が多い。灘《なだ》のけんか祭りにはまだ早いが、姫路駅近くにはモノレールの遺構があって、観光客が珍しそうに見上げている。廃墟《はいきょ》ブームらしいのでそれのようだ。

鳴川はモノレール近くにある六階建てのビルに視線を移した。映画ビルに負けないほど古い。ビルの三階に「しらさぎBANK」という看板がかかっている。ここが茉莉花の言っていたNPO法人だ。鳴川はエレベーターで三階に上がる。テナント募集の部屋が多く、奥の部屋にしらさぎBANKのプレートが見えた。

鳴川はあれから少しだけしらさぎBANKについて調べた。ホームページもないところで詳しくは分からなかったが、しらさぎBANK理事長、小寺沢義彦《よしひこ》は四十歳。以前、消費者金融を経営していたらしい。そんな男が始めたNPO法人だ。正直あまり期待はできそうにない。連帯保証人なしなどと甘いことを言うのは何か裏があるのだろう。だがそれでも来ざるをえなかった。

しばらくためらってから、鳴川はその扉をノックした。

はいという返事が聞こえ、社員らしき女性が姿を見せた。鳴川はさっき電話を入れておいたので、名乗るとすぐに応接室に通された。法人と言っても、奥に理事長室らしき部屋がある以外は質素なものだった。応接室も狭い。机にソファー、飾りとしていくつか白い花が置いてあるくらいだ。鳴川は応接室のソファーに腰掛ける。

やがて女性社員が紅茶を運んできた。

「それじゃあ早速ですが、お話を伺います」

女性社員は切り出した。年は三十くらいだが落ち着いた口調だった。鳴川は念のため、最初に茉莉花のことについて触れた。とても優しくしてもらったそうですと少し煽《おだ》てた。そして鳴川はこれまでの経緯について話した。知人が連帯保証債務に苦しんでいること、自分の資産状況も話した。無論、翔子の名前は出していない。万が一にも迷惑をかけてはいけない。自分が借りたいんだということを強調した。

「それは大変でしたねえ……連帯保証人っていうのは怖いです。これだけその悪弊が言われてもなかなかなくならない。連帯保証人になられた方、運が悪かったとしか言いようがありません。このしらさぎBANKはウチの理事長、小寺沢義彦が連帯保証人制度に泣かされる人を救うという理念の下に設立したNPO法人です。何とかご用立てしたいですね」

用立てしたい……か。好意的に思えるが、消費者金融をやっていた奴が高尚な理念だと……やはりいかがわしく思える。

しばらくしてから女性社員は訊《たず》ねてきた。

「鳴川さん、それでご融資額はどれくらいになるんでしょうか」

問いかけに鳴川は言い淀《よど》む。これが問題だ。たとえこのしらさぎBANKが真っ当なNPO法人だとしても、額が巨大すぎる。茉莉花が借りた金は百万にも満たなかった。とはいえ正直に言わなければ借りられない。鳴川は意を決すると、その額を口にした。

「三億二千万です」

その時、女性社員は表情を変えた。明らかに動揺が見て取れた。おそらくここに来る人々は茉莉花のように少額の融資が多いのだろう。冗談で言っているのかというような額だ。女性社員はしばらく黙っていたが、やがて立ち上がった。

「すみません、鳴川さん……少しお待ちください」

女性社員は奥に向かっていく。おそらくは理事長に相談しにいくのだ。鳴川はしばらく待った。だがいい返事がくるという気はしない。案の定、戻ってきた女性社員は険しい顔をしていた。

「あかん……いうことなんですな」

鳴川の問いに、女性社員は間を置いてからええと答えた。やはりそうか……おかしな笑いがこみ上げてくる。だがその感情を抑えつつ、鳴川は頼み込んだ。

「全額は無理でも、可能な限り貸してくれへんですか」

鳴川の言葉に彼女はため息をつく。苦しそうに答えた。

「もうしわけありませんが、小寺沢の言うには今回は見送りということで」

「一円も貸さへんいうことか！」

抑えていた感情が思わず噴出した。金額で一刀両断にされたことが腹立たしかったのだ。

「小寺沢とかいう理事長に会わせてくれるか」

「えっ……」

「紹介してくれへんでもええわ、こっちから行くよって。そこにおるんやろ？」

鳴川は立ち上がると奥の部屋を指さした。

「ちょっと、鳴川さん困ります」

制止されたが構わない。鳴川は早足で理事長室に向かう。こちらも必死だ。業務妨害だろうが警察を呼ばれようが知ったことではない。ノックをすることもなくノブを回した。

「理事長さんよ、悪いが邪魔するで」

そこにはパソコンの前で作業をする男性がいた。あごヒゲを生やした如何《いか》にも胡散《うさん》臭い男だ。鳴川はあんたが小寺沢さんかと言った。

「金貸さへんいうんはわかるわ、巨額やしな。けどあんた、連帯保証人制度で泣く人々を救いたいいう理念持っとるんやろ？　その理念はどこへ行ったんや」

いちゃもん付けであることは自分でもわかっていた。高尚な理念など方便だ。世の中がうまく回転するには方便も必要、それもわかっている。それでも一度着火した感情は元には戻らない。

「そんな理念持っとるんやったら、困っとる人間にこそ貸すべきやろ、全額とは言わんでも可能な限り……ちゃうか！」

鳴川の叫びに小寺沢は視線を外した。無言で立ち上がると背を向ける。事務員が警察を呼びましょうかと言ったが、いいよと言って制止した。

「鳴川さん……でしたか。その理念に間違いはありませんよ」

落ち着いた口調だった。消費者金融をやっていただけあり、こうやって乗りこまれることも何度かあったのかもしれない。鳴川は自分の中で激情が少し冷めていくのを感じていた。だが強がって興奮気味に言った。

「小寺沢さん、あんたは連帯保証人制度は悪や言うんやろ」

「ええ、そう思っています」

それなら連帯保証人制度で泣く人間こそ救うべきだろう……そう言いたかったが、先に小寺沢が口を開いていた。

「ですが連帯保証人制度は必要ですよ」

意外な回答に思わず鳴川は口ごもった。

「連帯保証人制度は文句なく悪。これは間違いありません。ですがね、鳴川さん……連帯保証人制度を廃止してしまったら、現実問題として酷《ひど》いことになってしまいます」

口を開いた鳴川を小寺沢は制止した。言いたいことはわかっているという表情だ。

「返ってこないお金は貸せない。これはわかりますよね？」

小寺沢の問いに、鳴川はしぶしぶああと答えた。

「貸し手側からすれば、判断材料になるのはその時の会社の状況。決算書を見たってその時点でしか判断は下せません。日本の中小企業なんて、取引のある大企業の経営が傾いたら簡単に潰《つぶ》れてしまう。その時に重要になるのが担保。つまりは不動産と連帯保証人。これを認めなければ金融機関はお金を貸さなくなってしまう。貸し渋りってやつです。そうなったら連帯保証人となって泣く人より、お金を貸してもらえずに泣く人の方が多くなる。だから廃止してはいけない」

「そやけど、それは……」

鳴川は言いかけて止まった。小寺沢の論理は何かおかしい気がした。要するに銀行など貸し手側がリスクを取れないから連帯保証人に泣いてもらいましょうということだ。責められるのは貸し手の審査能力の低さだろう。どうして連帯保証人だけが泣かされるのか。

「それは貸し手を一方的に保護しているだけや」

「そうですね……でも鳴川さん、これが日本の現実ですよ。聞いたことがあるでしょ？必要悪ってやつ。連帯保証人制度はいわばボロボロの命綱だと思います」

「ボロボロの……命綱？」

「ええ、例えばこういうことです。崖《がけ》から転落しそうになった人がいて、その人は一本のロープでかろうじて体を支えている。でもその命綱は朽ちていてボロボロ、今にも切れてしまいそう。その人は焦るわけです。助けてくれと叫ぶかもしれない。でも鳴川さん、だからと言ってそのロープを断ち切ることはできないでしょう？　ボロボロの命綱であってもそれ以外に命を支える物がなければ仕方ない。この制度を廃止しろって言うのは、まずボロボロの命綱を断ち切ってからどうやって救うかを考えろって言っているようなものなんですよ」

　鳴川は反論できなかった。うまく丸めこまれている気もするが、正しいのかもしれない。

「連帯保証人制度は日本人らし過ぎる制度ですね。情と理……これが複雑にまじりあってできた化け物。情に篤《あつ》いという言い方も可能ですが、簡単に人にすがってしまうという言い方もできる。情に負けて、あるいは能力がなくてしっかり相手のことを調べられない。考えたくないんです。だからお上の理屈に従う。今なら法律ですね。上が決めたことだからとそこで諦《あきら》めてしまう。不満があっても自分からは決して制度を変えようとしない」

　それはそうかもしれない。鳴川はそう思った。

「不思議そうですね？　だったら何故わたしはこんな連帯保証人なしのNPOをやっているのかって。でも逆に考えればわかるんじゃないですか？　わたしは連帯保証人制度については悪だって思っている。だから自分でやれることはやりたかった。審査能力のある貸し手になって、この日本を変えてみたかったんですよ」

　鳴川は何も言葉を返せなかった。こいつが偽善者であるかどうかはわからない。ただ普通の経営者とは見ているものが違う気がした。

「だから貸したいんですよ、有望な弓岡さんみたいな人にはね」

　鳴川はその時、はっとした。何故こいつは翔子のことを知っている？　しかもこちらの話が翔子のことだとどうしてわかったのだろう。

「実はね、鳴川さん……彼女は昨日、ここに来たんですよ。あなたの言う連帯保証人と債務額を聞いてすぐにわかりました。彼女の父親である喜八社長にわたしは以前、お金を貸したことがあります。ただあの人は翔子さんとは違い、尊敬すべき経営者でしたから」

鳴川は黙るしかなかった。

「翔子さんは今のあなたと同じことを言っていた。土下座して必死で頼んだ。全額は無理でも半分でも、三分の一でも、十分の一でもって泣きながらね。でもわたしは断った。一円も貸さなかった。これは慈善事業ではない。基本的にわたしはベンチャーを育てたいんです。確かに彼女は可哀想だが、甘さもある。破産でもしてやり直した方がいいかもしれない」

小寺沢は冷たく言い放ち、理事長室から出ていこうとした。鳴川はすがりつくように後を追う。困っている人に融資するんじゃないのか、どうして翔子に……出かかった言葉を必死でこらえる。言っても仕方ない。ここでそんな怒りを見せれば余計事態はひどくなる。

振り返った小寺沢は冷たい目でこちらを見つめた。

「残念ですね。甘さを消せない限り、彼女に将来はないでしょう」

小寺沢は足早にどこかへ去っていった。鳴川は一言も発せられない。甘さ……か。それはそうなのかもしれない。翔子もそうだが、自分も甘かったのかもしれない。さっき茉莉花もそう言っていた。人に優しくすることと、甘やかすことは違う。とはいえその線引きをどこにするかに正確な答えはない。

ただこれでわかった。翔子には金策のあてなどやはり無いのだ。あるいは父に融資してくれたこの小寺沢がとっておきの手だったのかもしれない。そしてその望みは断たれた。もう方法はないのだろうか。鳴川はしばらくうなだれながら考えていた。だがわからない。わからないまま無言でしらさぎBANKを後にした。

麦藁《むぎわら》帽子を被《かぶ》ったお地蔵さんを横目に店に帰ると、鳴川はため息をついた。扇風機を強にして椅子にへたりこむ。その日、一日中金策に奔走した。知り合いを回り、金を集めようとした。ただ翔子のおかれた現状は告げず、自分の借金として話した。こんなことが噂になっては翔子の本業にも影響しかねないからだ。

だが小寺沢が予言した通り誰もが冷たかった。いや、みんな貸したい気持ちはあるのだ。それでも貸せない。かき集められそうな金額は端数の方、二千万にも届かない。それはそうだろう。鳴川だってそうなのだ。この不況下、誰も余裕はないだろう。

「それなら、最後の手段だ」

つぶやくと鳴川は蛇口から直接水を飲んだ。顔を洗うとすぐに店を出て、軽トラックに乗り込んだ。向かう先は姫路市のはずれ、大塩《おおしお》というところだ。以前山崎から教えてもらった。翔子の連帯保証債務、債権者は長山《ながやま》不動産だという。長山不動産は大塩にある。ここに直接乗り込んで頼みこむしかない。場合によっては自分が翔子の債務をすべて引き受ける。

製鎖工場のひしめく白浜を抜け、軽トラはやがて大塩まで来た。カーナビという洒落《しゃれ》た道具などあるはずもなく、地図を見ながら鳴川は進んだ。少し陽が西に傾きかけたとき、新興住宅街の近くにその会社を見つけた。会社横では閉鎖した工場の解体作業がおこなわれている。もうシーズンは終わりかけているが、海水浴場が近くにあった。

長山不動産はプレハブ式の簡単な建物だった。中に人が動いているのが見え、この日も営業しているようだ。ただもう営業時間が終わったようで灯りがうす暗くなっている。鳴川は軽トラから降りると、入口をノックした。事務員らしき若い女性が出てきた。

「すんません、長山社長に少しお話がありまして」

男好きするような顔つきの事務員は問いかけてきた。約束はあるのか、と。だがそんなものはあるはずもない。鳴川は重要な用件なのでと言った。

「あの……どちら様ですか。どういうご用件でしょうか」

「鳴川というものです。弓岡翔子の関係者と言えばわかりますわ」

事務員は少しお待ちくださいと言って電話をかけた。長山社長はここにはいないようだ。なかなか連絡が付かないようで鳴川はしばらく待った。その間に陽が暮れていき、うす暗くなっていく。窓の外を見ると、住宅街の街灯が点灯していた。

「すみません、お待たせしました」

事務員が近づいてきた。

「社長は自宅で待っているから来て欲しいと言っていますが」

「そうですか。ただ自宅がわからないので」

「すぐ近くですよ。暗いので見づらいですけど、あの解体作業中の工場の横です」

指さされた先には広い屋敷が見えた。鳴川は礼もそこそこに会社を出る。少し歩くと、解体作業中の工場の横に「長山」という表札が見えた。すっかり暗くなったが、外灯に照らされて表札ははっきり確認できた。インターフォンを押して名乗ると、すぐに行くと言う返事がきた。

長山邸は門構えのしっかりした日本屋敷で、四百坪くらいはあるだろう。高い塀にぐるりと囲まれている。中には犬がいるのがわかった。ドロシーのような小さな柴犬ではなく、大きなドーベルマンだ。車庫には外車と国産車が三台ほど停められている。驚くほどの豪邸ではないが、いかにも不動産会社社長の家という感じの邸宅だった。静かな住宅街で、周りに人影はない。

やがて足音が近づいてきた。門がゆっくりと半分だけ開く。

「ウチの事務員に聞きましたが、どういうご用件ですかな?」

野太い声が降ってきた。長山社長は大柄な男で、鳴川は見上げる形になった。

「弓岡社長のことらしいですな」

鳴川はうなずくと、用件を話した。翔子の債務についてだ。

「俺がなんとかするから、もう少し待ってくれませんやろか。それが無理やったら、俺が債務を引き受けますよって」

しばらく間を開けてから、長山は問いかけてきた。

「鳴川さん、あんたはどういうご職業ですか」

「弓岡製鎖工業の近く、夢前川で居酒屋のオヤジをやっとります」

長山はしばらく沈黙する。こんな申し出はむちゃくちゃだ。返すあてもないのだから。それに以前法テラスで聞いたが、債務を引受人が引き受けることは債務者の意思に反してはできないのではなかったか？　翔子は絶対にOKしないだろう。ましてや長山は……。

「それやったら誠意を見せてもらいませんとなあ」

その言葉には嘲笑《ちょうしょう》のようなものが混じっていた。だがそれ以上に希望を感じる。誠意か……今の自分にできることはこれくらいだ。そう思うと、鳴川は両ひざをついた。ここに来るときはする気などなかったのに、土下座していた。

「頼みます！　命に代えても返済します。そやからもう少し待ってやってください！」

鳴川の土下座を長山は止めなかった。鳴川は額をアスファルトに擦《こす》りつけながら何度も懇願した。止めない以上、想いは少しでも届いているのだろうか……信じつつ、必死で土下座して頼んだ。鼻を打ちつけて血が出たが構わない。

「鳴川さん、誠意いうんは銭のことに決まっとるやろ」

冷たい声が降ってきた。

「土下座ってアホな習慣やな。自分を痛めつけ、惨めに見せたら救われるっちゅうんはガキの思考や。おかしな平等意識の表れ。これやから日本人は馬鹿にされるんや。考えてもみい。あんたがいくらそんな態度とっても俺は何も優越感を感じん。こんなもんが有効なんはそれ相応の地位の人間がするよってやろ？　あんたがしてもしゃあない。まあ鳴川さんよ、あんたがしたけりゃ何時までもこうしておればええ。何も変わらへんけどな」

長山の口元は少し緩んでいた。

「まあ心配せんとき、鎖工場に咲く花は俺が優しく摘んで飾っとくよって」

その時、鳴川は目を見開いていた。叫び出したい衝動にかられた。だが身体が動かない。声もあげられない。いやらしい笑みを残して、長山は家の中へ入っていった。

鳴川はしばらく呆然《ぼうぜん》と長山邸を眺めていた。鼻血をぬぐうとようやく立ち上がって歩きだす。こいつは人を人と思わない本物のクズだ。こんなクズに翔子を好きにさせては絶対にいけない。どうする？　どうすればいい——そんな焦りが全身を貫いていった。

犬を連れた散歩中の夫婦がいた。だが構うものか。何としたらええんや！　鳴川は大声で叫んでいた。

4

ふらつきながら軽トラに乗り込んだ。ドアをきつく閉める。

まだ鼻血はとまらない。鳴川はエアコンとライトをつけ、ハンドルにもたれ掛かった。エアコンの調子が悪く、車内はなかなか涼しくならない。だがそんなことはいい。自分の無力さに全身がほてっている。このほてりはクーラーなどでは収まらない。鳴川は軽トラのキーを回した。

どうすべきか必死で考えているが、答えなど出ない。あの口ぶりではきっと長山は万全の準備を整えて債権回収に来ている。翔子を自分のものにした後はゴミくずのように捨てる気だ。翔子の生一本で負けず嫌いの性格も分析し、自己破産などしないことまで計算している。ダメだ……これでは翔子を救ってやれない。

「何が……どろ焼き探偵や」

小さくつぶやいた。おだてられ、自分でも少し調子に乗っていたのだろうか。そう呼ばれることが居心地が良かっただけなのかもしれない。自分は無力だ。何の力もない。どうでもいいことは解決できても、こんなに大事なことの前ではまるでどうすることもできない。自分の推理など洗濯機に詰まった五百円玉を言い当てるくらいのものだ。だいたいあれは推理というよりアルバイトをしていた時の知恵に過ぎない。難しいことを考えると頭が痛くなる。

軽トラはすでに行くあてをなくしていた。

白浜の宮を抜け、たどり着いた先は飾磨にある居酒屋だった。鳴川が生まれる前から建っているだろう木造建築。夢前川からも歩いていけるほどの距離。弓岡製鎖工業を辞めた後、かつて鳴川が料理の修業をしていたところだ。のれんをくぐると、いらっしゃいという野太い声が聞こえてきた。店に客は少ない。元看護師の藤井の姿が見えた。

「なんや、鳴川か……商売敵に出す料理はあらへんぞ」

五十過ぎの店主は笑いながら言ったが、すぐに笑みを引っ込める。鳴川の表情から何かあったとすぐに察したようだ。鳴川はとりあえずノンアルコールのビールを注文すると、椅子に座った。すぐにジョッキが運ばれてきて一気に飲み干した。

「鳴やん大丈夫？　話してよ」

横に藤井が寄ってきた。赤ら顔だ。もう出来上がっている。

「どうしたの？　こっち関係なの」

小指を差し出し、酒臭い息を吐きかけてきた。そんなんじゃありませんよと答えると、鳴川はもう一杯ビールを飲んだ。いつもならある程度は付き合うが、今日はそんな心境ではない。ただふと鳴川は思った。この藤井は開業医の妻だった。ある程度の蓄財はあるだろう。何とか借財を頼めないか……厚かましい願いだが、形振《なりふ》りかまってはいられない。いくら長山が計画を立てていようと、連帯保証債務さえ全額払えばどうしようもないはずだ。

「だったら、翔子ちゃんのこと？」

小声で藤井は問いかけた。鳴川は無言で顔を上げる。

「山崎さんに聞いたわ……あの子、大変なことになってるみたいね」

知っていたのか……鳴川は大きく息を吐き出す。だが知っているなら藤井に相談しても意味はない。店主も同じだろう。だいたい言うほど儲《もう》かってなどいない。鳴川はうなずくと、どうしたらええんやと藤井に言った。

「俺はどうなってもええねん。どうしても翔子ちゃんを救ってやりたい」

言ってから鳴川はノンアルコールビールを飲み干した。

「それはあたしも同じよ。喜八社長は小学校の同級生、あたしもよく知ってたのよ……それ以来の付き合い」

「そやったんですか」

「山崎さんに事情を聞かされて以来、駆けずり回っていたわけ。みんなで翔子ちゃん助けようってね……ある程度は集まったけど、一千万にも届かないわね。借金申しこんでるけどどこの不景気、誰もが財布の紐《ひも》は堅いわ」

鳴川は大きく息を吐き出した。知らなかった。みんな何とかして翔子を助けたいと思っているのだ。だが必死でやってもそれくらいしか集まらない。

「どうしょうもない……何がどろ焼き探偵や」

鳴川はどんとテーブルを強く叩いた。

気がつくと、客の姿はすっかり消えていた。

時刻は午後十時を回っている。鳴川はかけられていたタオルケットを店主に返すと、勘定をすませ、礼を言って店を出た。歩きながら考える。明日からも仕事だ。だが本当にこれ以上、俺には何もできないだろうか。いや、諦《あきら》めてはいけない。鳴川は軽トラに乗り込む。

やがて軽トラは夢前川近くで停まる。そこには弓岡製鎖工業の門の前、会社の表札と、ISO9001取得というプレートがあった。普段はアンカーチェーンが鉄板に当たって轟音《ごうおん》がこだまするが、当然静かだ。門の横には夏の間咲き誇っていたひまわりが疲れきったように頭を垂れている。ただ見上げると、事務棟に明かりが点《つ》いていた。社長室のある場所だ。門も閉められていない。誰かがいるようだ。

その時鳴川には予感があった。まさか翔子は追い詰められて……あかん！　鳴川はふらつく足で走った。事務棟の入口にはどういうわけか黒いベンツが停められている。誰の車だ？　何となく不安になった。

「翔子ちゃん、おるんか？　鳴川や！」

叫んだが返事はない。鳴川は事務棟入口近くの階段を駆け上がる。明かりのついていた社長室をノックしたが、返事はない。

「翔子ちゃん、悪いが入るで」

了解も取らずに鳴川はノブを回した。鍵《かぎ》はいつものようにかかっていない。不用心だがとられてまずいものはないといつも翔子は笑っている。

扉を開けると中は真っ暗だった。

おかしい。ついさっきまで明かりが確かに点いていたはずだ。鳴川は手探りでスイッチを探す。だが入口近くにスイッチはない。不審に思いつつ数歩前に進んだ時、鳴川は柔らかい何かに足を取られ転びかけ、壁に手をついて事なきを得た。

鳴川は床に視線を落とした。暗くて見づらいが大きな何かが横たわっている。だが次の瞬間、目を見開いた。言葉は出なかった。月明かりに照らされて、人の顔が浮かび上がった。そこには男性が横たわっているのだ。山崎か？　そう思って抱き起こそうとした。だが違った。そこに横たわっていたのはもっと大柄な男だ。

とりあえず救急車……鳴川はそう思い手を離した。携帯を取り出し、１１９を入力する。だが発信する直前に手は止まった。初めて気付いたのだ。男の首には何かが巻きついていることに。

少し遅れて震えが起こってきた。膝《ひざ》が笑っている。死んでいた嗅覚《きゅうかく》が生き返り、し尿の臭いが鼻をついた。鳴川は壁に手をやる。やっとスイッチを発見し、押した。社長室内が一気に明るくなる。倒れる際に摑《つか》んだようで机が倒れ、書類が散乱していた。だがそんなことはいい。

そこにあったのは男性の死体だった。

もう救急車を呼んでも仕方ない。男は仰向けに横たわっていて大きく目を開いている。首に巻きついているのはロープだ。頑丈に編み込まれたロープ。これで首を絞められて殺されたのだろう。鳴川はこの男を知っている。しかも数時間前に会ったばかり……男は不動産会社社長、長山和人《かずと》だった。どういうことだ？　わけがわからない。殺人事件……その漢字四文字が浮かび、急に嘔吐《おうと》感が襲ってきた。

だが同時に恐怖が嘔吐感を駆逐する。自分は今、とんでもない場所にいる。死体があるということは、殺人犯がこの近くにいるのではないか。逃げなければと思ってそこから立ち去ろうとした。だが立ち止まる。

――ここは弓岡製鎖工業で被害者は長山、ということは犯人は……。

頭が真っ白になったが、しばらくしてやっと考えられるようになってきた。どうしてこんなことに……もう恐怖はなかった。鳴川は社長室に崩れるようにしゃがみ込んだ。混乱の中、浮かんでくるのは翔子の笑顔だ。あの輝いていた時代、俺たちの青春が音を立てて崩れていく。

――あかん、こんなこと認められへん。

つぶやくと、鳴川はとなりの部屋に入った。引き出しを開けるといくつも未使用の手袋が入っていた。昔勤めていたのでここにあることは知っている。二重にはめると鳴川は社長室に戻って作業を始めた。倒れた机や、し尿の処理を済ませると、鳴川は長山のポケットをまさぐった。中には財布、携帯、車のキー、用途不明の多くの鍵が入っていた。鳴川はそれらを自分のポケットに入れると、長山の巨体を背負った。想像以上に重く、臭いもキツかった。

長山を背負い、一歩一歩ゆっくりと進む内に脂汗が出てきた。階段を下り、軽トラの荷台に長山をつみ込んだ時には服がぐっしょりと濡《ぬ》れていた。息も切れている。だがこうしていては誰かに見られるかもしれない。じっとしてはいられない。そう思った鳴川は軽トラを出した。

どこへ行く？　鳴川は自分に問いかける。だがどこに隠しても無駄な気がする。わけもわからず、大塩にある長山の自宅へと軽トラを走らせた。

閑静な住宅街。長山の邸宅はそう表現していい場所にある。

夜十一時過ぎ。外には誰もいない。鳴川は慣れないハンドルを握りながら、危なかったなと振り返った。焦って利庵の軽トラに乗せてしまったが、よく考えてみれば長山が乗ってきたベンツが工場に停めてあった。死体を動かすなら、この車も一緒じゃないとおかしいのだ。ベンツの鍵は長山の服のポケットにあった。一度工場に戻って、軽トラからベンツに遺体を移した。長山宅の車庫にベンツを停めると、後部座席に乗せた長山の死体を一度見た。これが本当に現実なのか……さっきからそんな問いが発作的に起こってくる。だがそのたびごとに首を横に振って自分を奮い起《た》たせた。もう後戻りなどできない。俺は翔子を守るんだ。そう思い、鳴川は工場から持ってきた作業用の靴に履きかえた。これは新品で量販店で売っている物だ。ここから文字通り足がつくことはないだろう。

鳴川は鍵を取り出す。門や自宅の鍵をあらかじめ開けておく。ドーベルマンに吠《ほ》えられたが、家の中にあったエサをやると意外と静かになった。そうしておいてから長山の遺体を再び背負った。硬直が始まっているのか、さっきよりも柔らかさが消えている。だがそんなことはいい。そう思って中へと運び入れた。

遺体を置くと一息つく。一人暮らしの割に小奇麗な家だった。事務員の女性に掃除でもさせているのだろうか。このままなら翔子も同じようなことをさせられていたかもしれない。そのとき、一つ考えが浮かんだ。長山は首を絞められて殺されている。見たところそれ以外に外傷はない。

鳴川はすぐに家中を見渡し、ロープを引っ掛ける場所を探した。そしてビリヤード台のある部屋にちょうどいい頑丈なフックのような物が天井から下がっているのを見つけた。長山の遺体をそこまで運ぶ。自殺に見せかける……こんなことをしてもばれてしまうかもしれないが、見落としもあると聞く。やってみるに越した事はない。

鳴川はフックに持ってきたロープを引っ掛けると、次に長山の巨体を持ち上げようとした。だが重すぎて出来ない。一度遺体をビリヤード台の上に乗せた。そしてビリヤード台の上に別の場所にあったキャスター付きの机を載せ、その上に遺体を移動させた。これでやっと遺体とフックが同じ高さになった。幸い凶器となったロープは長い。キャスター付き机のロックを解除すると動かし、遺体の首にロープを巻きつけた。

「どうや……これで」

流れ出る汗をふくこともせず、鳴川はビリヤード台の上で机を移動させた。長山の遺体は支えを失い、宙ぶらりんの格好になった。成功だ。これでぱっと見は首を吊《つ》って自殺したように見える。この偽装がうまくいく可能性は低いかもしれないが、ばれてもマイナスはないはずだ。

終わった……鳴川は大きく息を吐き出した。その時、初めて全身に疲れを感じた。こんなことをして本当によかったのだろうかとも思うが、今更時間は戻せない。それに殺人がバレなければ、全てがうまくいく。ここまで何かミスはないかと鳴川は考えた。指紋は残していない。遺体の偽装も思ったよりうまくいった。

鳴川は邸宅の裏手に回った。解体現場や海水浴場のある方向だ。三メートルほどある塀をよじ登り、上で止まった。念のため、辺りに誰もいないかチェックする。大丈夫、誰もいない。そう判断した鳴川は静かに飛び降りた。振り返ると長山邸の上にはきれいな月がかかっていた。

これで全てがうまくいくはず……鳴川は無理に思い込むと、解体現場の方へ数歩進んだ。だがそのままアスファルトが剝《は》げた部分を見た。鳴川の視線はしばらく固定されていた。うすぼんやりと光るものがあって、鳴川はそこに近づく。月の光が解体現場を照らし、小さな白い花がまるで全てを見ていたと言いたげに咲いていた。

第二章　鼓動

1

水をはじく音がした。播磨灘《はりまなだ》に注ぐ川に魚が一匹はねている。

川の近くには解体途中の工場があって、はがれたコンクリートの下から白い花がいくつか顔をのぞかせていた。姫路《ひめじ》市のはずれにある静かな住宅地。近くには海水浴場もあり、夏の間は海水浴客でにぎわう。だがすでにシーズンは終わり、海は静けさを取り戻していた。今年ももう少しすれば、灘のけんか祭りの季節がやってくる。

池内準規《いけうちじゅんき》は昇る朝日に手をかざしながら、邸宅に貼られたテープをまたいだ。少し乱れた髪を整えてから邸宅の庭に咲いている花に視線を落とす。小さな白い花だ。

「こら池内、お前何やっとんのや」

背後からの声に準規は振り返った。声の男は岩田公平《いわたこうへい》という刑事だ。四十半ばで階級は警部補。兵庫県では名が知られたベテランだ。準規は岩田の手招きに応じて家の中へ入った。

この邸宅は広さが四百坪ほどある。平屋だが母屋は広く、豪邸と呼べる屋敷だ。ここで昨夜、男が死んでいた。ビリヤード台のある部屋で首を吊っていたのだ。現状、自殺かどうかわからない。死んだのはこの邸宅の主人、長山和人《ながやまかずと》という四十七歳の男。この長山は姫路市内で手広く不動産業を営んでいたという。相当恨みを買っていることは想像に難くない。

「これ見て、わかること言うてみい」

長山の遺体を見下ろしながら、岩田は促した。長山の遺体はがっちりしていて、おそらくは百八十五センチ、九十キロ以上はあるだろう。日に焼けていて顔が脂ぎっている。

準規は黙って遺体を観察した。首を吊って死んだ場合、自殺か殺人かはほぼ見ただけでわかる。索条痕《こん》が水平に走っている場合はまず絞殺だ。

「首を絞められ殺されたということですか」

「アホか、そんなもん誰でもわかるわ」

すぐに怒鳴り声が返ってきた。違うのか……怒られて準規は沈黙した。傷があるようだが、これといって酷《ひど》い出血の痕《あと》もない。岩田がわざわざこう言う以上、言いたいことは重要なことであるのは間違いない。準規はわかりませんと素直に言うと、岩田はため息をついた。

「……どこかで殺して、ここへ運んだんや」

岩田はしゃがみこみながら、長山の遺体を凝視した。岩田は漫画で描くと線一本で表現されるだろう細い目をしている。だがその目の奥には鈍いが確かな光があるように思う。準規には移動させられたものだということはわからなかった。岩田がそう判断した理由はどういうことなのだろう。岩田は最初に頭部の傷跡を指摘した。髪の間なので分かりにくいが、殴られたのか酷いうっ血がある。次に無言で長山の遺体の数ヶ所を指差した。そこには何かがぶつかってへこんだような痕、擦れて切れた痕がいくつか残っている。

「こっちにはうっ血や出血がないやろ？　これくらいの衝撃やったら普通はある」

死んでからだと心臓が止まり出血はほとんど無い。そしてこの場で殺したのならこんな傷はつかない。つまり誰かがここに運んだということ……説明され納得した。指摘されるとその通りだが、準規には遺体を目の前にしてすぐにはわからなかった。

「疑ってくれと言わんばかりの安っぽい工作や」

岩田はその後も、いくつか不自然なところを指摘した。それらはすべて納得できる内容だった。どうして長山を殺した人物はわざわざこんなところに移動させたのだろう？しばらく二人は現場を検分し、車に乗り込んだ。

岩田は車の中では寡黙だった。

犯人が遺体を移動させた理由を考えているのだろうか。準規はハンドルを握りながら話しかけるきっかけを探る。だが話しかけづらく黙っていた。運転中はいいが、信号で停まっている時などは間が持たない。準規は人と喋《しゃべ》ることが下手だと自覚しているが、家庭を持つ身になった今も直らない。

「お前、神戸大の法学部卒らしいな」

手帳を見ながら、岩田が問いかけてきた。準規はそうですと答えた。

「それで巡査部長か。その学歴で三十二やったら、警察庁に入るか現場に出んと警部くらいになっとってもええんちゃうか。要領のいい奴はそうしとるやろ」

少し嫌みな言い方だった。刑事に向いていない――確かにそう言われても仕方ないかもしれない。自分には世渡りの才能はない。できるのはペーパー試験だけ。ただできる奴は試験だけでなくもっとしたたかだ。人とうまく繋《つな》がりを作っていくことが自分にはできない。警察では階級が上の者には絶対服従、怒号が飛び交い、敬礼の角度、車で座る席順さえ決まっている。自分には向いていない。普通ならそう思うだろう。

しかし準規には意外と警察が居心地よかった。セールスで買いたくもない人に商品を押し付けたり、おべっかを言ったり……そんな嘘を言わずに済むからかもしれない。現場も階級に応じた仮面さえつけられればいい。今なら頭でっかちで無能な所轄刑事の仮面だ。事実そうなのだろうが、どこかで演技している。自棄《やけ》になった凶悪犯が法廷で過剰に悪を演ずるように。割合にして七対三くらいか。体力勝負の警察で自分のような人間は意外と楽に仮面をかぶれるのだ。だからもう十年近く続いている。

「なんやお前、海ばっか見とるが珍しいんか」

準規が運転席でそうしていたのは事実だった。だがおそらく岩田には自分がこうしている理由はわからないだろう。海を見ているのではなく、この播磨灘を見ているのだ。

準規はいいえと応じてから少し苦笑した。誤魔化すように事件のことに話題を振ろうとしたがやめた。余計なことは言わない方がいい。

播磨灘を見ながら準規が考えていたのは、兄のことだった。

十四年前、兄の篤志《あつし》が失踪《しっそう》した。その直前、兄は金を貸してくれと何度も準規のアパートを訪れていた。当時準規はまだ学生で、まとまった金などない。断っていたがある日、男から電話があった。説明を求めると自分は金融会社の人間だと言う。兄の篤志が多額の借金を残して失踪したので、場所を知らないかというものだ。それはいかにも高圧的な態度だった。組の者であると匂わせ、こちらを威嚇した。最後に男は言った。このままではお兄さん、播磨灘に沈みますよと。

――そんなこと、知ったことか！

準規は心の中で叫んだ。それは当時と同じ叫びだ。たとえ兄が失踪したのではなく、本当にあの金融会社の男に殺されたのだとしても、自分の関知するところではない。兄と弟。そんな関係など偶然だ。同じ腹から生まれたという以上のものではない。多少の情はあろうが、あくまで他人なのだ。まして兄貴の借金を断ったからこんなことになったという自責の思いなど自分にはない。それどころか兄貴を恨んでいる。

「兄貴が失踪したそうやな、それやろ」

一度バックミラーを見てから岩田は鼻毛を抜いた。準規は無言で助手席の岩田を見る。驚きはない。兄貴の失踪は知られたことだからだ。失踪から十年が経った時は警察でも大々的に捜索活動をやった。ビラ配りをして情報を集めた。だがこんなものパフォーマンスだ。必死でやっているのはごく一部の人だけ。借金絡みの失踪である以上、生きている可能性は低いとみんな思っている。準規もそうだ。何もやらなければ冷たい人間と思われるから手伝いをしていたに過ぎない。兄貴が死んでいたと判明しても、きっと涙さえこぼれないだろう。やっと片付いたと思うはずだ。

「播磨灘に沈めるとでも言われたんか」

その問いに準規は初めて驚いた。切れる人だとは聞いていたが、ここまで的確にこちらの心理を読むとは思わなかった。おそらく悪意などなく、相棒になる人間について少しでも把握しておきたいという理屈なのだろう。岩田は言葉を続けた。

「この長山いう男、昔からあこぎな取り立て屋って評判やったからな」

「そうなんですか……でもそれがどうしたんです？」

「お前の兄貴が失踪した時期が、こいつの取り立て屋としての全盛期や。債権者から取り立ての依頼を受けて乗り込むわけで、完全に極道やな。最近の麻雀みたいに何でもアリのアリアリ。そんな奴やったらしい」

準規ははっとした。岩田が言いたいのはこういうことだ。十四年前、自分に電話してきた男もこの長山だったのではないか。もっとはっきり言うなら、兄貴はこの長山に殺されたのではないか――ありうるかもしれない。だが、仮にそうであっても証明する手段などあるまい。

車は姫路署に向かう途中、白浜《しらはま》の宮《みや》に来た。有名な灘のけんか祭りが行われるこの辺りは製鎖工場が多い。姫路は鎖の生産量が日本一、全国の七割を生産する鎖の街だ。そう言えば兄貴も製鎖工場で働いていた。ただ兄貴のいた工場はここではなく夢前川《ゆめさきがわ》の方だった。

信号で停止した時、岩田は空地を眺めていた。準規はつられるように、製鎖工場跡地に視線をやった。工事現場があって、虎がヘルメットをかぶっている看板が見えた。その下にさっき事件現場近くで見た花と同じ白い花が咲いている。兄貴は野路菊《ノジギク》が好きだった。兵庫県の花にもなっている花で、準規はそれかと思った。

「班長、あの白い花って野路菊ですか」

普通なら出ないだろう問いが、その時は何故か口をついて出た。

「あれはただの野菊や。アスファルトに咲く花いうわけやな」

そうですかと準規は言葉を返した。岩田は自分で言った言葉を足掛かりに、ずいぶん昔にはやっていた歌を口ずさんでいる。無骨な顔なので少し滑稽《こっけい》だが笑う気は起きない。調子に乗って言葉を重ねると、馴《な》れ馴れしくするなといつ雷が落ちてくるか知れない。

信号は長かった。準規はしゃべらず、岩田もそれから口を閉ざした。遺体移動のことについて考えているのだろうか。おそらくそんなに迂闊《うかつ》な犯人ならきっと他にも多く証拠を残している。鑑識の調べから容易に足がつくだろう。

「……たぶんこの事件、簡単にはいかへんやろうな」

準規の思いをくみ取ったような物言いだった。

「おいこら、はよ出せや。青やで」

「あ、すみません」

いつの間にか信号が変わっていた。準規はブレーキから足を離すと一度窓の外、工事現場を見る。工事中の看板の下、川沿いに咲く野菊の花が一輪、少しだけ風に揺れていた。

2

姫路市中央卸売市場は、手柄《てがら》駅の近くにある。

姫路の隣の駅で、利庵から軽トラで行けば十分ほどだ。業者の詰め掛ける中央卸売市場で、鳴川《なるかわ》は手に取ったキャベツを吟味していた。

野菜を仕入れると、軽トラに積み込み夢前川に戻る。店に戻ると小雨が降ってきた。いいタイミングで帰ったものだ。鳴川はいつものように店の掃除をして、開店に備える。衝撃から、昨日は仕込みを充分にできなかった。

片付けを終え、どろ焼きのたれの仕込みを終えた鳴川は居間に戻る。そこには中学生くらいの少年が一人、テレビゲームをしていた。

「なんや……まだおったんか」

問いに少年は振り向くこともなく、うんと言った。

時計を見ると、もう学校の始まる時間だ。行かないつもりだろうか。この少年は鳴川の親戚《しんせき》でもなんでもない。野球部に入っている不登校気味の少年だ。この少年も茉莉花《まりか》の息子と同じで親が働きに出ているのだが、大きいので預かっているわけではない。泊まっていくこともあり、今日はそうだった。母親が十代の頃の子で、父親はずっと前に逃げたらしい。

「学校、おもんないか」

鳴川は問いかけたが、少年は返事をしない。ゲームで不必要なほど残虐にゾンビを殺している。以前聞いた話では彼の担任の教師は仕事熱心な熱血漢のようだ。ゲームばかりしていた少年を野球部に入れ、自らスポーツの楽しさを教えていくと言っていた。

だがことはそんなに単純ではない。鳴川が見た感じでは少年は野球部で上級生にいじめられている。かなり陰湿に。そして少年はそれを言いたくないのだ。さらにいじめられるからではなく、少年なりのプライドのために。頭の回転が悪い鳴川だが、こういうことはわかる。

「今度新入生が入ったら、復讐《ふくしゅう》したれ」

鳴川のその言葉に、少年は初めてこちらを見た。必死でかくそうとしているが、その表情にははっきり驚きがあった。この少年の反応は愛情を欲しがっている顔だ。熱い涙に飢えている。それだけに鳴川の言葉を意外に思ったのだ。

「そんなことして、ええん？」

ゲームをする手は止まっている。鳴川はああとうなずいた。

「ただし下級生に優しくするという名の復讐やがな」

少年は口を軽く開けた。

「上級生の連中は悪い奴らやな。けど連中のことがダメやって思うんやったら、お前は違うことをやった方がええ」

鳴川の言葉に少年は言葉を返さなかった。黙ってゲームを続けている。だがしばらくして荷物を持つと、利庵を出た。少年は麦藁《むぎわら》帽子をかぶせられたお地蔵さんの方向に進んでいく。学校に行くようだ。どう考えるかはあいつ次第だ。ただ心に届いているという感触はあった。

少年を送り出した鳴川は店の準備を始めた。だが浮かんでくるのは長山と翔子《しょうこ》のことだった。山崎《やまさき》の話では今日、刑事が工場に来たという。自分がやった偽装工作はまるで意味が無かったのか……刑事が来たと山崎から聞いたときは焦ったが、翔子は長山に三億以上の連帯保証債務を負っていた。警察がやってくるのは予想できたこと。ただ形式的な質問が多く、確認していっただけらしい。そんな調子ならまだ疑われてはいないだろう。

心配なのは翔子だ。本当は不安で仕方ないはずだ。早く彼女と連絡を取りたいが、いまだに取れずにいる。

「たのもう、たのもう！」

引き戸の方へ近づくと、おかしな声が聞こえた。

「鳴やん、おはようさん」

アルバイトの萌《もえ》が引き戸を開けて入ってきた。

「どこの道場破りかと思ったわ」

「さあて、さっそくどろ焼き作ったろか」

持参したエプロンをつけると、萌は調理場で腕まくりをした。忘れとったわと、家庭科の実習のように頭に三角巾を可愛らしくかぶった。やる気満々だ。そういえば先日、注文聞きだけでなく料理もしたいと意欲を見せていた。

「まだ料理は無理や。しばらくは注文聞きと、俺の作った料理を運んでくれればええ」

「あかん、最初が肝心なんや、甘やかされて育ったらろくなもんにならんわ」

まるでこちらが雇われているような感覚だった。

「トマトとか、ちゃんと切れるんか」

問いかけると、萌は馬鹿にせんといてと口をとがらせた。冷蔵庫から冷やしたトマトを取り出し、まな板の上で切っていく。

「どうや、ざっとこんなもんや」

萌はトマトをいくつかに切った。それなりに綺麗《きれい》に切れてはいるが、客に出すには抵抗がある。それになにより遅い。あくびが出るほどだ。これでは矢継ぎ早に出される注文に追いつけない。鳴川は包丁を握ると、トマトやキャベツで実演していく。小気味いい音がまな板に響く。あっという間にサラダがガラスの皿に盛り付けられた。切り口はずっと綺麗で、速さは比べ物にならない。

「これくらいのスピードで出来たら代わったるわ」

笑いながら言うと、萌は膨れ面をして特徴のある口元を歪《ゆが》めた。

「いつか見とりい、抜いたるよって」

開店時間が来ても客はすぐにはこないので、二人はしばらく話をした。無論事件のことは喋《しゃべ》れない。速射砲のように萌が喋ってくるのでそれに受け応えしていくだけだ。その時、閉めてあった店の扉を叩《たた》く影があった。傘のようなものも見える。はいよ、と鳴川は元気良く返事をすると、油を差したばかりの引戸を開けた。滑るようにすっと開いた。

「お仕事中すみません、鳴川仁《じん》さんですよね」

傘を差しながら立っていたのは二人の男だ。話しかけてきた四十代半ばの男がすぐに警察手帳を見せた。岩田公平と書かれている。遅れて学生のような若い男も提示する。二人は刑事だった。背筋を冷たいものが駆け抜けた。

「そうですが……」

「鳴川さん、いいガタイしていますなあ」

年配の刑事はニコニコしていた。鳴川はそうですか、と小さく応じた。自分の身長は百七十七センチだ。とりたてて大きいというわけではない。体形もごついわけでなく、人はまず痩《や》せていると言う。むしろ豆タンクのようなこの岩田の方がいいガタイに見えるだろうに。

「訊《き》きたいのはこの前あった事件のことですわ。全国ニュースにもなっておりますんでご存じでしょう？　大塩《おおしお》で長山いう不動産会社社長が殺された事件」

岩田は長山事件のことを切り出した。やはり……だが落ち着け。自分はあの日、二度長山宅へ行った。重要なのは遺体を運んだことだが、その前にも翔子のことで行っている。事務員にある程度事情を話したし、顔も見られた。警察は細部にまで亘《わた》って事実確認をすると聞く。遺体移動の方ではなく、きっと一度目の訪問のことだ。鳴川は知っていますと答えた。

「確認のためですんで、気い悪うせんといてくださいな。あの日、鳴川さん、あなた長山宅を訪問しておりますな？」

「はあ、午後六時くらいやったと思います」

「どういう御用でしたか」

若い刑事の問いに、鳴川はしらばくれようかと一瞬思った。だがあの日、事務員に鳴川は翔子のことで話があると確かに言った。警察は確認しているに違いない。翔子の連帯保証債務についてもそうだ。翔子につながることは言いたくないが、黙っておくよりここはこっちから積極的に協力した方がいい。それが誠意と映るはずだ。

「この近くに弓岡《ゆみおか》製鎖工業っていう会社があるんですわ。俺はそこの元社員です。社長さんに大変世話になっていました。その弓岡喜八《きはち》社長は三年ほど前に亡くなり、翔子ちゃんいう娘さんが後を継いだんです。でも彼女は長山に連帯保証債務を負い、苦しんでいたんです。だから俺はなんとかしてやりたいと思って長山のところに直談判に行きました」

二人の刑事は黙ってこちらの話を聞いていた。この話に嘘はない。長山のところに行った動機から事実まですべて正確だ。ただあの日行ったのはこの一度だけではない。本当は遺体を運び入れた二度目が重要なのだが。

「でもどうにもなりませんでしたわ。酷い男でね、こちらが土下座して頼んでいるのにひどい言葉を浴びせてきたんです。本当にあのときは腹が立ちました。殺意が湧きましたわ。ニュースで殺されたって聞いて、驚きませんでした。むしろざまみろって思いましたよ。ただ俺が行った当日やったもんで、こっちが疑われないかと少し不安でしたが」

少し感情を混ぜてやった。これが本心だと思ってくれただろうか。さっきとは違いこの言葉には途中に少し嘘がある。鳴川はニュースではなく弓岡製鎖工業の社長室で長山の死を知った。翔子が殺したと思い、蒼白《そうはく》となった。ざまみろという気持ちなどなかった。だがいくら刑事でもこの嘘は見抜けないだろうし、これくらい言ってやった方がいい。

「そうですか、ありがとうございました」

メモをとりながら若い刑事は岩田という刑事の方をチラチラうかがっていた。刑事の反応から、質問がほぼ終わったという感じがした。

「鳴川さん、これは個人的なことで事件と何の関係もないことなんですが……」

髪を中央で分けた若い刑事は、少し言い出しづらそうに口を開いた。

「十四年前、兄貴が迷惑をかけたそうで」

「兄貴？　あんた誰ですか」

「池内準規といいます。あなたに借金をしたまま失踪《しっそう》した池内篤志《あつし》の弟です」

鳴川は無言で若い刑事を見た。池内は弓岡製鎖工業時代の同僚で、鳴川に三十三万円の借金をしていた。だらしない奴ではあったが、困った人間を放っておけないという優しさはあった。あいつがいたなら、どうしていただろうとよく考える。そういえば池内はよく言っていた。俺は本当は刑事になりたかったけど、頭が悪いから無理だった。でも弟は頭がいいからなれると。この若い刑事が弟……兄の言葉どおり、夢を叶《かな》えたのか。鳴川は刑事の顔を見た。そういえば似ている。兄の方も優男だが、この準規は輪をかけてそうだ。童顔で刑事としてまるで威圧感がない。

「そやったんか……お兄さん、まだ見つからへんのか」

「ええ、どうしようもない兄貴です。すみませんでした」

準規は何度も頭を下げた。

「君が悪いんとちゃう」

「いいえ、本当に申し訳ありませんでした。兄貴が目の前にいたらぶん殴ってやりたいです」

準規はもう一度礼をした。鳴川はふと外を見る。ボンネットに雨がはねている。傘から垂れた雨が当たって、岩田のスーツは肩口がかなり濡《ぬ》れていた。

「またお邪魔するかもしれません」

岩田は背を向けた。二人の刑事は車のところまで小走りに向かった。いつの間にか水たまりができていて、小さな子供が長靴でわざとその中に入って遊んでいる。鳴川は傘も差さず、刑事たちを乗せた車が走り去るのをしばらくじっと見つめていた。

「何や、鳴やん逮捕されるんか」

店に戻ると、萌が声をかけてきた。ニコニコしている。冗談で言っているのだろうが、真相がバレればそうなるかもしれない。自分は天地神明に誓って誰も殺していないが、死体遺棄の罪は犯した。いつかこの罪は暴かれるのだろう。自分は罪に問われてもいい。だが翔子だけは守り通したい。

「えらいことになったわ」

鳴川が真面目な顔を向けると、萌は不安気な顔でこちらを見た。

「中学生を雇っとるんやないかって通報があったらしいわ」

「何やそれ！　ウチのことかい」

はぐらかすと鳴川は店の奥に引っ込んで着替えをした。少し雨で濡れたのもあるが、内側からも少し濡れている。あまり汗をかく質《たち》ではないのに汗ばんでいた。刑事たちとの応酬で想像以上に神経を浪費したようだ。池内の弟が来たのは驚いたが、あいつはペーパー試験しかできないタイプに見えた。刑事としてたいしたことはないだろう。問題なのは岩田という刑事の方だ。笑顔の中にこちらの心を見透かし、へし折るような威圧感があった。それにしても刑事たちは翔子についてまるで訊かなかった。何故だ？

シャツを脱ぐと、鏡には六つに割れた腹筋が映った。

——鳴川さん、いいガタイしていますなあ。

岩田の言葉がよみがえる。どうしてわかったのだろう？　鳴川はよく痩せていると言われ、実際体脂肪率は一桁《ひとけた》しかない。ただ体重は七十キロ以上ある。製鎖工場をはじめ多くの工場で肉体労働をしてきたせいで筋肉量が多いのだ。アスリート体形らしい。ただ岩田は服の上からこちらの体格について言い当てた。それがどうも腑《ふ》に落ちない。

しばらく考えていると、閃《ひらめ》くものがあった。鳴川は鏡に映った自分の腹筋を見ながら固まった。ひょっとして岩田はこう言いたいのではないか。長山は巨漢だ。それを運ぶには相当の体力がいる。いいガタイをしていなければ運べない。つまり鳴川が長山を運んだことを岩田はすでに洞察している。あれは宣戦布告だった……。

「まさか、考えすぎやろ」

鳴川は声に出して自分の推理を否定した。いくらなんでも深読みしすぎだろう。どれほど岩田が優れていようが、そこまでは読めない。だがそれでも怖かった。どろ焼き探偵などではなく、こういうのが推理のできる本物の刑事だというのか。

「鳴やん、お客さんや」

店から萌が声をかけてきた。思考が中断される。鳴川はすぐ行くわと返事をして服を着てタオルを頭に巻く。いつもより少しきつく巻いた。違和感を覚えつつも鳴川は心の中でつぶやく。翔子ちゃん、俺は絶対に君を守るよって……。

3

赤茶けたトタン屋根の事務所から、男が二人出てきた。

点滅を繰り返す外灯の下、岩田が何度も丁寧に礼を言った。準規は横で黙って頭を下げていた。京口《きょうぐち》にある建築会社の事務所入口。中年男がやれやれという表情をしている。彼はこの建築会社社長。本当に迷惑そうな顔をしていた。もう外は真っ暗だ。車に乗り込んだ準規は運転席に座ると、すぐに車を出した。

「また無駄足でしたね……」

独り言のように小さくつぶやいた。長山という不動産会社社長が殺害された事件、会議で怨恨《えんこん》関係を探ることが確認された。準規は岩田と組んで捜査に当たっている。ただ今のところ無駄足続きだ。今の建築会社社長は長山と不動産の任意売却を巡ってトラブっていた。だが多数の関係者の証言でアリバイが完全に証明された。社長は無罪だったら何か補償してくれるんですよねと怒りをにじませていた。気持ちは分かる。嫌な仕事だ。執拗《しつよう》に事実確認を重ねていくのは基本だが、岩田は今まで組んだ誰よりも慎重に捜査を進める。

ただ準規には気になることがあった。

それは現場を訪れた際、岩田がつぶやいたことだ。この事件は簡単にはいかないと。いや、正確にはその時そう言ったきり、岩田がそのことに口を閉ざしていることが気になっている。遺体が動かされた理由について岩田は一番推理を働かせている。普通に考えれば、犯行場所がわかると犯人に不利になるからだろう。というよりそれ以外にない。ただ今のところ遺体から特定できるようなものは発見されていない。意外と犯人は慎重だった。岩田に犯人のあてはあるのだろうか。あてがあるなら、最短の直線距離で向かえばいい。それなのにどうしてこんな無駄足を繰り返しているのか。準規は少し苛立《いらだ》ちを感じていた。

やがて車は姫路署についた。準規はコンピューター端末に向かい、長山の情報を整理していく。長山は四十七歳。大阪の大学を出た後、街金に勤務、非合法な方法で債権を回収する専門家になっていく。それで儲《もう》けたのだろう。数年前から事業を起こし、今は姫路市内や加古川《かこがわ》市内、神戸《こうべ》市内に何軒もマンションを所有している。年収は数千万に達するようだ。成功者と言っていい。

ただ表に出ない部分ではかなり悪辣《あくらつ》なやり方を繰り返していた。評判は決して良くない。殺したいと思っている奴は百人ではききませんよ——さっきの建築会社社長はそう言っていた。あながち大げさではなさそうだ。このコンピューターに収められた膨大な関係者資料をすべて当たるのは骨が折れる。準規は資料を整理し、何人かに電話すると再び岩田と聞き込みに出た。

午後十時近い。姫路市内を中心部に向けて車は進む。目的の場所は姫路駅近くにあるマンションだ。車を停めると、二人はエレベーターで七階に向かった。インターフォンを押すと、三十前後の女性が中に招き入れてくれた。

「こんな時間に、すみませんね」

恐縮したように岩田はお辞儀し、玄関口で話すことになった。

「それで何かしら、刑事さん」

煙草をふかす女性の名前は近藤信子《こんどうのぶこ》という。かなり疲れた肌をしているが、目鼻立ちの整った綺麗《きれい》な女性だ。茉莉花という源氏名で、風俗店で働いている。この女性はかつて長山と関係があった。客として通っていた長山は茉莉花に入れあげ、自分が引き受けたいと店主に頼んでいたこともあったらしい。

だが結局、長山は容姿の衰えた茉莉花を捨てた。代わりに同じ店で働き始めたばかりの若い女性を事務員として自分の会社で雇っている。今回、第一発見者となったのもその事務員だ。会社に出てこないので不審に思って自宅に行くと長山は死んでいたという。準規は事務員の女性の話では茉莉花はよく長山の家を訪問しており、揉《も》めていたらしい。準規はそのことを訊《き》いた。

「長山さんと、どういうトラブルがあったんですか」

煙の輪を吐き出してから茉莉花は答えた。

「別に……くだらないことよ。あいつがくれるって約束したクロエのバッグを回収に行っていただけ。あいつ、自分が回収するのはうまいのに、される方に回ると下手くそだし」

準規には本当のこととは思えなかった。長山と茉莉花の関係は少し前だ。なぜ今更行くのか。本当は想いが残っていてあの事務員に嫉妬《しっと》していたのではないか。ただ岩田が言うとおり、遺体がどこかから運ばれたとすれば茉莉花が嫉妬から殺害したという線は考えづらい。この細腕であの巨体を絞め殺し、運ぶことなど不可能だ。

「あいつさあ、あたしにまだ未練があるみたいで……」

少し得意げに茉莉花は話し始めた。ただこんな話を聞かされても意味はない。長山に確認しようがない以上、死人に口なしだ。

「それじゃあ念のために聞かせてください。長山さんが殺害された当日、夜九時半くらいにどうされていましたか。あくまで確認ですので気を悪くされないように」

疑われたせいか話の腰を折られたせいか、茉莉花は不機嫌な顔になった。舌打ちをして、鼻から煙を吐くと、少し考えてから答えた。

「あたしが？　それくらいだったら息子と一緒に夢前川に行っていたわ。おいしいどろ焼きの店があってそこに行っていたの。でも休みだったから帰ってきたわ」

茉莉花はあごで廊下の向こうを指し示した。居間からは音が聞こえ、少年がテレビゲームで遊んでいた。

「そうよね？　二人でいっていたわよね」

「うん、でも閉まってたよ」

茉莉花の言葉に少年は応じた。何か口裏合わせをしているような感じがする。それに身内だ。こんな少年の証言など意味があるとも思えない。

「そうですか……ではおじゃましましたな」

準規が追及しようと思ったとき、岩田がさえぎった。準規は驚いた。いつもはくどいほど執拗《しつよう》に問いかけるのに、どういうつもりだろう？　だが文句は言わずに準規は茉莉花の部屋を出た。

「どうしたんですか。怪しかったじゃないですか」

エレベーターで降りる際、準規は岩田に訊ねた。

「あの女にはとても長山の巨体、移動させられへんやろ」

冷静な答えが返ってきて、準規は言葉に詰まった。岩田の思考はいまだに遺体の移動という一点に集中しているようだ。確かにそうではあるが、男がいるかもしれない。

長山の家には訪問者が多かった。だがそれらはほとんどが金銭絡みだ。この茉莉花一人だけ異質。しかもあの態度……ここ一ヶ月ほどで一番頻繁に訪れていたのはこの茉莉花だ。怪しいとしか思えない。我慢できずにそれらのことを準規は口にした。

「頭部に殴られた痕《あと》があったやろ」

準規はええと返事をする。確かに鉄アレイのように硬い物による打撲痕があった。頭《ず》蓋骨《がいこつ》にヒビが入るほどの打撲痕《こん》だ。ただし致命傷ではない。殴って気絶なりダメージを与えるなりしてから首を絞めて殺したことは揺るがない。

「あの傷と自殺に見せかける偽装工作……ここから何がわかる？」

問われて準規は即答できなかった。岩田はすぐに答えをくれない。わからんなら宿題やと言った。

「次はどこへ行くんでしたか」

「今日はもう遅い。一度自宅に帰った方がええ。事件が起きてからずっと働き詰めやろ」

「いえ、いいんです……早く一人前になりたいので」

恥ずかしい言葉だったが本心だ。刑事を目指したときは安定収入が第一だった。しかし今は本心でそう思っている。準規は警察を受験した時の面接で大真面目に正義について語った。だが面接官たちは刑事は結局、体力やからなあと皮肉った。そのときはムッとしたが、それは事実なのだ。昇進試験、ペーパーテストで点を取る能力など無意味。刑事的な思考が自分にはまだない。

「いい刑事になりたいなら、うまいサボり方から覚えることや」

岩田ははぐらかした。

「失礼ですが班長、まだ疲れていません」

「おい、調子にのんなや！　人が好意で休め言うとるんや」

強い口調に準規は思わず口ごもった。

沈黙の後、しばらくしてから岩田はもう一度口を開いた。

「池内、まあ今日は休んどけ……かわいい嫁さんがおるんやろ」

準規は少し顔を赤らめた。そうですねと引き下がった。


捜査本部が設置されてから、久しぶりの帰宅だった。

信号のない交差点で道を譲られた。準規は感謝の意味を込めてクラクションを鳴らそうとするが、うまく鳴らせずにぷすっという音が聞こえた。ほとんど相手には聞こえていないだろう。自分はこういうコミュニケーションが苦手だ。警察内ではそうもいかないが、日常では避けられる対話はできるだけ避けてしまう。

準規の家は書写山《しょしゃざん》の麓《ふもと》にあった。長山の自宅のような高級住宅地ではないが住宅街で、ロープウェイや紅葉で有名な観光地の近くだ。二世帯住宅に妻と娘、妻の両親と五人で暮らしている。庭には娘が遊んでいたバドミントンの羽根が落ちている。カーポートにワゴンRを停車させると、準規は静かに玄関から入った。自室に荷物を置くと、幾日か分の汗をシャワーで流してから寝室の襖《ふすま》を少しだけ開けた。

そこには妻と娘の聖菜《せいな》が仲良く寝ていた。まだ聖菜は三歳。邪気のない寝顔に準規は思わず頬が緩んだ。陳腐だが天使という表現以外に何があろう。準規は静かに襖を閉めると、自室のベッドに潜り込んだ。

ただ明かりを消しても眠れなかった。

体は疲れていても頭は冴《さ》えている。岩田とは少しだけ心が通いあった気がするが、彼の推理はまるで見えない。ヒントはもらっているのだから、何とか自力で岩田の推理までたどり着きたい。その思いが興奮させているようだ。長山の頭部の傷と自殺に見せかける偽装工作――そこにどんなつながり、理《ことわり》があるというのだろう。

「くそ、わかるか」

準規は眠れないので目を開けた。手元のスタンドを点《つ》けて資料を読む。そこには明日訪問すべき数名の人物の詳細が書かれている。どうやって質問するか、少しだけ考えてスタンドの灯《あか》りを消した。寝るぞと言って横になる。だが眠れず、うす暗い部屋の中、机の上に視線をやった。

そこにはサインボールが飾られている。小学生のころ、甲子《こうし》園《えん》でもらった藪《やぶ》投手のサインボールだ。あの頃は野球に夢中だった。おこづかいを貯め、兄貴と一緒にたまに見に行った。本当はリトルリーグに入りたかった。だが生活保護を受ける家庭ではそうはいかない。友人がグローブを持っているのが本当にうらやましかった。

そんなことを考えているとき、部屋のノブがそっと回った。準規は気づいていたがそのまま背を向けて机の上を見つめた。やがて布団のなかに誰かが潜り込んできた。

「準規くん、久しぶりなのに無視ですかねえ」

妻の千春《ちはる》だった。大学の同級生。ここで小さい頃からずっと暮らしている。準規が住んでいたのは姫路城近くのボロアパートだ。愛着などない。というより既に壊されている。だからここに住むことになったのは当然といえる。千春は後ろから抱きついてきた。柔らかな感触。豊満な乳房が背中に当たっている。

「理論派の池内巡査部長どの、この感触を覚えているかね？」

おどけた口調で千春は言った。理論派どころかきっと自分は無能と馬鹿にされている。どうせ頭でっかちのダメ刑事だ。

「悪いけど、明日も早く行くんだ。寝かせてくれ」

あしらうと、千春は頬ずりをしてきた。

「そういう意味じゃないよ、準規くん」

千春は少し真面目な声だった。下腹部を擦り寄せてくる。

「今日病院行ったら男の子なんだって。もうわかるんだね」

その時初めて準規は向き直った。千春は昔から少しふっくらしていたが、うす明かりの中でその顔はとても優しく見えた。男の子——そうか、二人目ができたのか。思わず表情が緩む。だがその照れを千春に悟られないよう、もう一度机の上を見た。

たしかに三年前、聖菜が生まれたときは嬉《うれ》しかった。今も寝顔を見ると疲れが飛んでいくようだ。だが準規が大学に入った頃に描いた夢、それは息子とキャッチボールをすることだった。結婚などできないという諦《あきら》めが先にあって、グローブへの記憶が後に続いた。そんな夢を、一度だけ千春に語ったんだっけか。

「これでキャッチボールできるね。うれしいでしょ?」

千春の問いに、少し遅れて準規はああと答える。布団の中で千春の肩を抱き寄せた。

姫路署に朝早く着くと、すでに岩田は調べものをしていた。

挨拶《あいさつ》をすると、おはようさんと岩田はこちらを見ないで言った。準規は眠ってしまった分を取り返すようにしばらくデスクワークをした。まとまって眠ったおかげで頭が冴えているように思う。眼球が冷たい水にひたされているようで気持ちがいい。

しばらくしてから、二人は再び聞き込みに出た。

あいにくの曇り空だったが、心は晴れている。リフレッシュしたので体力も回復した。運転席に座ると、車を飾磨《しかま》の方へ走らせた。ただ岩田はどういうわけか沈み込んでいるように思えた。特に何があったわけでもないと思うが、あまりしゃべらなかった。

姫路署から目的地までは車ならあまりかからない。準規はこう行けば近いと思って橋を渡った。だが間違えていて少し迂回《うかい》した。小さな墓地があってどういうわけか地蔵に麦藁《むぎわら》帽子がかぶせられていた。その近くの橋を渡り、工場に着いた。そこは夢前川近くにある製鎖工場だ。守衛に話をして中に入れてもらった。

「どこの鉄橋下やこりゃ」

岩田のたとえは絶妙だった。弓岡製鎖工業は活気のある工場で、クレーンが巨大アンカーチェーンを引きずっていく。工員たちが笑顔で仕事をしていた。電車が鉄橋を通過するような轟音《ごうおん》の中、二人は弓岡製鎖工業に足を踏み入れた。準規はふと思った。ここは白浜の宮ではなく、網干《あぼし》よりだ。ひょっとしてここが兄貴のいた工場ではないか。

その時、岩田がポツリと何かつぶやいた。だがアンカーチェーンが引きずられる轟音に紛れてまるで聞こえない。クレーンが塗装場に運ばれていってから、準規は口を開いた。

「すみません班長、全く聞こえなかったです」

岩田は溶接場を眺めていて、準規もつられた。そこでは巨大な鉄の棒が飴《あめ》のように曲げられて一つの巨大な鎖に変えられていく。火花が散っていた。十月近いがさぞや熱いだろう。メガホンで若い女性が何かを叫んでいるのが聞こえた。

そちらに気を取られていると、横で岩田が語り始めていた。

「本命やと言うたんや。弓岡製鎖工業、ここの関係者が犯人候補の大本命や」

4

利庵《りあん》には活気のいい声が溢《あふ》れていた。

十月近く、客たちの話題はけんか祭りが中心になっているようだ。全国にけんか祭りはいくつかあるが、灘《なだ》のけんか祭りの豪華さ、雄壮さは他に例を見ない。特に姫路でも製鎖工場の多い白浜が祭りの中心となる。利庵の外にもポスターが貼られている。今日は弓岡製鎖工業重役の山崎や元看護師の藤井も来ている。鳴川は客たちの話に割って入った。

「危険な祭りや言うて、批判しとるアホがおるみたいやな」

そうなんやわと角刈りの客がそれに応じた。

「困ったもんやわ。今年も鳴やん、参加するんやろ」

角刈りの問いに鳴川は当然ですわと答えた。弓岡製鎖工業時代以降、けんか祭りにはここ二十年ほど、ずっと参加している。池内篤志という同僚に誘われたのがきっかけだ。

「最近の若い奴らは覚悟が足りんのや、覚悟が。子供のママゴトみたいに安全なくだらん祭りにして誰が楽しいいうねん。エアバッグ付けろいうんか」

鳴川が言うと、萌がどこに付けるんやと突っ込んでいた。

姫路では十月は祭り月とも呼ばれるほど祭り熱が高い。灘のけんか祭りが行われる十四、十五日は仕事や学校が休みになるところもあるほどだ。

「萌ちゃん、豚どろ山芋スペシャルもう一丁くれ」

山崎の注文を萌が繰り返す。

「鳴やん、豚どろ山芋スペシャル一つや」

「こっちも頼むわね、萌ちゃん。ネギ豚にして」

萌は注文に追われていた。鳴川は素早く具材を整え、鉄板の上で焼いていく。どろ焼きの形を作ると、さっき注文されていたシーザーサラダを作る。熱燗《あつかん》の用意も同時進行で進めていると、汗がにじんできた。いつも大変やなあ、と客が気づかってくれた。

「鳴やん、あんたもう歳やろ？　早う嫁さんもらわんとあかんで」

角刈りが冷やかした。

「そう言われても、来てがありませんわ」

「花嫁候補がいるじゃない、可愛らしい」

藤井が萌を指差した。鳴川はないないと笑った。

「いやわからないわよ。最近は年の差婚も珍しいことないし、冗談で言ってたら本当になっちゃうかもしれない。ねえ、鳴やん。産婦人科ならいくらでも知り合いがいるわ」

「早すぎるわ、藤井のおばちゃん」

萌がつっこむと、店内に笑いが起こり、鳴川の嫁探しで盛り上がった。だが鳴川の思考はそこにない。こうして店を切り盛りしながらも、事件のことが頭から離れない。

「ねえ鳴やんのお嫁さん探しのこと、皆で真剣に考えないと」

少し真面目に藤井が言った。考えてくれるのはありがたいが、全く無意味だ。自分には今、そんなことなど考えられるはずがない。長山を翔子が殺したこと。それをこれからどうやってかばっていくかでいっぱいだ。結婚などほぼありえない話だし、万が一自分が結婚しうるなら相手は一人しかいない。

「ごちそうさん。萌ちゃん、じゃあまた来るわ」

弓岡製鎖工業に勤める金髪の工員が声をかけた。他の客もみな萌に注目している。一ヶ月ほど経ったが、萌は早くも人気者になりつつある。弓岡製鎖工業にかよう若者の中には真剣に萌と付き合いたいと鳴川に相談してくる奴もいる。

やがて山崎が話しかけてきた。

「鳴やん……ちょっとだけ、ええか」

小声だった。真剣な話があるという顔だ。

「翔子ちゃんのことやが、また借金とりが来とる」

確かに長山は死んだが、翔子の債務が消えたわけではない。親戚《しんせき》に相続されたのであればその取り立ては有り得る。

「サービサー連中や。殺された人間が持つ債権を嫌がって譲渡されたらしい。長山みたいには荒っぽいことやらへんし、額は三分の一以下に減額されとるがな」

サービサーは債権回収の専門家だ。以前法テラスで教えてもらった。ヤクザを排し、穏便に債権を回収する専門の会社。資本金や弁護士が必要など色々縛りがあって、あくどい取り立てはできない。ただ会社によってかなり差があると聞く。

サービサーは債権を廉価で買い受け、それを高く回収するらしい。信用保証協会のサービサーもあるが、話から行くと民間会社のようだ。三分の一に減額されたといっても一億は超えている。一円置くんとちゃいまっせというフレーズが浮かんだが冗談にもできない。この問題も何とかしなければいけないようだ。

客はけはよく、十時過ぎには客はいなくなった。

月曜日だからこんなものだろう。鳴川は早めに「営業中」の札をしまうと、店の片付けを始める。萌が帰っていくのを見ながら鉄板を洗った。

――翔子ちゃん、なんで何も言うてこんのや。

その想いが強く湧き上がってくる。長山が死んでからかなり経つ。この間、いまだに翔子は連絡をくれない。あの日、鳴川が死体を発見する直前に明かりが消えた。つまり、彼女は現場にいた。鳴川が遺体を動かしたことを知っているはずだ。警察も聴取に来ているわけでおそらく不安だろう。特にあの岩田という刑事はどこまでも見透かしているような感じがする。恐ろしい。翔子と自分はある意味共犯、もっと相談しにきていいのではないか。ひょっとして盗聴とかを恐れているのだろうか。よし、それならこっちから行くか。

鳴川は途中で片付けを切り上げた。矢も盾もたまらずに自転車に乗って、弓岡製鎖工業を目指した。橋を渡る途中で考える。自分はあの日、翔子を守らなければと思い遺体を移動させた。だがどこかに彼女に対し、恩を売ったという気持ちがなかっただろうか。秘密を共有するということが心地良かったのではないのか。人の弱みにつけ込む。これではまるで石井や長山の思考だ。

「あかんわ、これでは……」

工場に着くと、社長室に明かりは灯《とも》っていなかった。

鳴川は店に帰ろうかと思ったが、工場にはまだ明かりがついていた。誰かが作業をしているようだ。第四作業場に足を踏み入れた。モーターが小さく音を発していた。

この第四作業場ではショット・ブラストという錆《さび》を取る加工作業が行われている。働いていた当時、溶接の資格がなかった鳴川はここに長い間いた。加工前の錆《さ》びついた巨大アンカーチェーンを撫《な》でてみると、人差し指が茶色く変色した。作業場には誰かがいる。翔子かと思ったが違う。肌の浅黒い男性だ。機械に吊《つ》るされたアンカーチェーンに計器を当てているのが見えた。磁粉探傷検査をしている。

「浅尾《あさお》……なんや、お前か」

浅尾は一度振り向いたが黙っていた。

「こんな時間まで仕事か……大変やな」

浅尾はああとだけ言って、黙々と作業を続けた。

「もう翔子ちゃん帰ったんか」

問いかけると、浅尾はうなずいた。それにしても喋《しゃべ》らない奴だ。付き合いも悪い。前に店に来いと言ったが、一度も来ていない。極めて真面目なのだが、確かに店の雰囲気には合わないかもしれない。みんなが騒いでいる場ではどうしても浮いてしまう。工場以外の付き合いはたまにやる麻雀の数合わせくらいだ。無理やり引っ張ってこないとまず動かない。

「ちょっとええか、鳴川……」

鳴川は何やと応じたが、浅尾は言ったきり、口を閉ざしていた。

「いや、なんでもあらへん」

「なんやそれ……それはそうと浅尾。たまには店に来いや、サービスしたるよって。ちょっと前に可愛らしいアルバイトの女の子も入ったんやで」

浅尾は食いつかず、黙って右手を上げただけだ。こいつは昔からこうだ。仕事以外に何の関心も見せない。草食系というより霞《かすみ》を食って生きているという感じだ。何が楽しくて生活しているのだろうと思ってしまう。ただここに翔子がいないのではどうしようもない。鳴川は弓岡製鎖工業を後にした。

時刻はすでに夜の十一時近くなっていた。

工場を出た鳴川は夢前川の近くにある分譲マンションに向かった。五階建てで、エスポワール夢前川という平凡なマンションだ。喜八社長が家族で暮らすためにかなり前に購入したものだ。特にオンボロというわけではない。ただそれなりの規模の工場を構える社長の自宅とは思えない。翔子が買ったと言っても驚かない程度のマンションだ。喜八社長は本当に仕事一筋の人だったということがよくわかる。一階にセキュリティがあるので、翔子の住む二階には直接行けない。

迷ったが、携帯で連絡を取る。何度か鳴らして、やっと翔子は出た。

「こんな時間にすまんな、翔子ちゃん……」

「鳴やん……」

翔子は不審そうにどうしたのかと訊《き》いてきた。

「大事な話があるもんで。すまんな、マンションの下まで来とる」

翔子はすぐに行くと答えた。

やがてマンションから一人の女性が出てきた。風呂《ふろ》上がりなのか濡《ぬ》れた髪をした翔子には色気があった。だが今はそんなことはいい。鳴川は目をそらして夢前川の方へ歩き始める。水尾《みずお》川と合流する辺りまで歩くと、小さな船が係留されているのが見えてくる。被《かぶ》せられたシートの下には工場で作ったアンカーチェーンが載っている。ここから船で神戸港まで運ぶのだ。橋の上は昼間なら車が多く通るが、この時間は少ない。橋の上で鳴川は話しかけた。

「山崎さんに聞いたわ。刑事が来たんやろ」

問いかけに翔子はワンテンポ遅れて応じた。

「うん、刑事ドラマみたいやったわ」

「心配せんでもええ……時がきっと解決してくれるよって」

翔子は怪訝《けげん》そうな表情を見せた。その表情が鳴川には意外に思えた。こちらの言いたいことが分かっていないという感じだ。

「翔子ちゃん、今は辛《つら》いと思う。でも自首はせん方がええわ」

「えっ……自首？　鳴やん、何を言うとるん？」

「長山のことや、君が殺したんとちゃうんか」

問いに翔子は驚いた表情を見せた。少し遅れてかぶりを振る。その翔子の反応を見て、今度は鳴川が驚いた。違うのか、翔子は本当に長山を殺していないというのか。

「わたしが長山に返せないほどの債務を負っていたのは事実や」

そこで翔子は一度うつむいた。言葉を切る。だがすぐに顔を上げた。

「でもわたしは殺してへんよ。今日来てくれた刑事さんにも言うたけど、その時刻、わたしは姫路駅の山陽《さんよう》百貨店前にいたんや」

「間違いあらへんのやな？　君やないんやな？」

鳴川の言葉に、翔子は一度大きくうなずいた。

夢前川に沈黙が流れる。鳴川はしばらく口をきけなかった。どういうことだ？　嘘をついている感じはしない。

やがて鈴虫が鳴くような小さな声が聞こえた。

「事件の日、電話があったんや」

鳴川は黙って顔を上げた。

「押し殺したような男の人の声で、一度会ってほしい。山陽百貨店の前で会おうって……わたしは迷ったけど、一度だけ会ってみようと思って、出かけたんや。ずっと待ってたんやけど、その人は結局、来んかった」

「そいつに言われたんか、債務を弁済したるって」

翔子は目を大きく開けた。図星という表情で空を見上げた。

「その通りや。強がっていたけどホンマに苦しくて、わたし……」

翔子はそこで言い淀《よど》んだ。鳴川はしゃあないと声をかける。

「山陽百貨店前でそれらしい人物には会わんかったのか」

「警察にも言うたけど、ナンパしようと近づいてくる男たちくらいしか」

そいつらだろうか、と鳴川は自問するが、よくわからなかった。

二人はもうしばらく話した。だが答えは見つからない。翔子が犯人じゃない……それが事実ならいいことだ。だがほっとする気持ちがある一方で、もう一つの感情が押し寄せてきた。だったら自分は何のために……鳴川は欄干に手をかけると黙って橋の下を見つめる。ブランコをこぐようなキーキーという音がする。夢前川に停泊する船は細いロープに支えられ、ゆっくり揺れていた。

第三章　共　鳴

1

朝のうちに降り出した雨は、夕方には上がっていた。

準規《じゅんき》は車から降りて木造平屋建ての一軒家を見つめた。網干《あぼし》駅から徒歩二分ほどの場所にあるその一軒家はかなり古く、築五十年くらいは経っているようだ。車一台分の駐車場があるだけで、庭はないに等しい。車の横では岩田《いわた》が煙草を吸っていた。

「遅いですね、もう工場は終わっているのに」

少し苛立《いらだ》ちながら準規は言った。岩田は何も答えず、黙って煙を吐き出すだけだ。焦るなということだろう。捜査は広範囲に亘《わた》って行われているが、岩田はすでに弓岡《ゆみおか》製鎖工業関係者にターゲットを絞っている。調べによると社長の弓岡翔子《しょうこ》は長山《ながやま》に三億以上の連帯保証債務を負っていた。動機は十分だ。また事件現場に残された靴跡、手袋の繊維は弓岡製鎖工業で使用されているものと同じだと判明している。これは量販店で買えるものなので証拠にはならないが、疑わしいことは事実だ。

ただ弓岡翔子が殺人犯だというのは無理がある気がする。アリバイは調査中だが女の細腕で長山を殺し、遺体を移動させるというのは苦しい。男の手を借りなければ不可能だろう。怪しいのは彼女と親しい人間の可能性が高い。彼女には恋人がいたがこの石井《いしい》一樹《かずき》という人物は失踪《しっそう》している。しかも連帯保証債務を翔子に負わせた張本人であり、こいつではないだろう。

「そういえば池内《いけうち》、お前宿題は解けたんか」

その声に振り返った。岩田は先日、準規に問いを発した。それはこういうものだ。長山の遺体には自殺に見せかけるような偽装工作が施してあった。一方で頭部には鉄アレイのような硬い物で殴ったと思われるうっ血が見られた。頭蓋骨《ずがいこつ》にヒビが入っていたらしい。この二つの事象から何が分かる？　岩田はそう問いかけてきたのだ。

確かにおかしい。非論理的だ。自殺に見せかけようと偽装工作をしたのなら、この頭部の打撲痕《こん》は不自然だ。こんなものがあるなら、調べればすぐに他殺だと分かってしまうだろう。労力の無駄であって自殺に見せる意味がそもそもない。だが岩田はこの事件が一筋縄ではいかないと言った。この一見無意味な工作に深い意味があるということか。

「何やお前、こんなことも分からへんのか」

岩田は怒らず、まあええわと言った。こいつにはまるで能力がないと呆《あき》れられているのだろうか。準規は答えを聞くこともできずに黙り込んだ。一軒家の表札に視線を向けた。今日これからここで会う山崎祥二《やまさきしょうじ》という男は弓岡製鎖工業の重役だ。調べによるとこの山崎は五十六歳でやもめ暮らし。特に趣味もなく弓岡製鎖工業がすべてという男のようだ。翔子とは運命共同体と言える。

時間が経ち、辺りは暗くなってきた。約束の時間からすでに四十分以上経っているのに山崎は帰って来ない。準規は何度も山崎の携帯に連絡を入れるが、つながらない。遅れるとも言って来ない。工場はとっくに終わっていて、夢前川《ゆめさきがわ》から網干までならそれほどかからずに帰って来られるだろうに何をやっているのか。

「えらい嫌われたもんやな」

すっぽかされたということか。準規は見てきますと言って駅の方へ向かった。すぐに網干駅に着いた。山陽《さんよう》電鉄網干線の終点だがそれほど大きい駅ではない。前にはタクシーが数台、客を待っている。ちょうど電車がやって来て、高校生や仕事帰りのサラリーマンが吐き出された。

準規は山崎が降りてこないかと改札に近づいたが、いないようだ。改札の近くには野球部らしき少年たちがいて「絆《きずな》」という文字の書かれた箱を持って大声を出していた。もう発生からかなり経つが、東日本大震災の募金を呼びかけているのだ。準規が阪神淡《はんしんあわ》路《じ》大震災を経験したのもこいつらくらいの年齢だった。準規はポケットに手を入れて財布を手にとった。

だがふと思う。こんなものは偽善だ。よく何千万寄付したとかいう有名人がいるが、まるで売名行為。そこまで行かなくとも冷たい人間だと思われることを恐れているだけに見える。本当に可哀想だと思うなら気付かれないようこっそりやるべきだ。死んでから気づかれるくらいでちょうどいい。やらぬ善よりやる偽善。きっと彼らはこの言葉で心地よく思考停止しているのだろう。一般人にとって良心の呵責《かしやく》など風邪と同じだ。風邪薬を買うように寄付をする。所詮《しよせん》情や人の絆などそんなものなのだ。人間の精神など物理現象にすぎない。それを認めると精神の安定を保てないからそうしているだけだ。

準規はポケットに財布を戻す。山崎が降りてきていないか探した。だがいない。必死で大声を張り上げるいがぐり頭の少年と目があって、思わず目を逸《そ》らした。

網干駅に背を向けた時、古い車がのろのろとやって来た。レトロというには無理のあるボロボロの小さな車だ。やがて車は山崎宅に停まる。出てきたのは一見ヤクザ風の五十代後半の男だ。口ヒゲをはやし、汚らしいパンチパーマをかけている。彼が山崎祥二だろう。

「いやあすんませんなあ、車が故障しまして」

しれっとした顔で山崎はボンネットを軽く叩いた。おそらく嘘だろうし、仮に本当でも遅れるならこちらに連絡を入れるのが筋だ。製鎖工場の実質的社長ともあろうものがわからないはずがない。

「まあどうぞ中へ。男一人ですんで汚いところですがな」

言われて準規は岩田と共に中に入った。山崎の家は言うとおり汚く、アダルト物のDVDや競馬新聞、阪神グッズやカップラーメンが散乱している。山崎は紙コップに甘酒を入れて持ってきた。だが勤務中でしたなと言ってコーヒーに入れ替えた。甘酒の匂いが残るコーヒーを嗅《か》ぎつつ、準規は馬鹿にされている気がした。

「ああどうも、すみませんなあ」

岩田はまるで不快な顔を見せず、コーヒーを受け取ると腰を低くした。部下には厳しくとも一般人には可能な限り優しくするという刑事の典型的な態度だ。コーヒーを半分くらい飲んでから岩田は問いを発した。

「山崎さんは製鎖工場、古いんでしたなあ」

「そうですな、もう十四年になりますわ」

「おたくで造っているアンカーチェーン、でかいですな。塗装するのも一苦労でしょう」

「はあ、そうですなあ。正直言うて一回海水に浸すとかなり剝《は》げてしまうんですわ。それでも新品の船を買う以上、見た目もちゃんとして欲しいって要望が強いもんで塗装する。外国の方は何も気にしませんがな」

「チェーンの輪、リンク言うんでしたか？　あれも一つがでかいでしょう」

「ええ、九十センチもあります」

まるでどうでもいいような会話だった。アンカーチェーンのことなど訊《き》いてどうするというのだろう。犯人が絞殺に使ったロープは弓岡製鎖工業とは何の関係もない。あの工場では巨大なチェーンしか作っていない。準規は少しいらついたが、黙って岩田の質問を聞いた。岩田はさらにアンカーチェーンについて問いを重ねた。

「以前見せてもらいましたが、チェーンの輪、あの真ん中につっかえ棒みたいなのが入っているでしょう？　あれって何なんですかな」

「スタッドって言うんですわ、リンクの中に入れて、チェーンを補強するんです」

「あれで人を殴ったら死にますな」

その問いに山崎は言い淀《よど》んだ。準規もはっとして岩田を見つめた。岩田は微笑んでいたがこの問いは山崎に深く刺さっているように見えた。

「長山の死因は首を絞められたこと。これは事実です。ただ山崎さん、長山はその前に鉄アレイのようなもので殴られているんですわ。長山の頭部の傷、調べましたがスタッドが凶器に使われとったと私は見ておるんですわ」

山崎は口を半開きにしたまま、岩田を見つめていた。その驚きは準規も同じだ。何で殴ったかについてはまだハッキリとはしていない。だが岩田は確信している。そうでなければここまで言わない。準規に長山が頭部に負った打撲痕について訊《たず》ねたのはこのためだったのか。

「刑事さん、オレがスタッドで殴ったっちゅうんですか」

やっと山崎は言葉を取り戻した。岩田は首を横に振った。

「ただし工場関係者であることは間違いあらへんですな。あの日、長山は弓岡製鎖工業に来ていた。そしてスタッドで殴られ、ロープで首を絞められて殺された……これは間違いないって思うとります。あんたもさっき言いましたなあ。塗装は剝げやすいと」

山崎はうつむいていた。何かを知っているのか。あるいはこの山崎が犯人なのか。

「この犯人はちゃんと計画を立てて長山を殺しました。足が付かないよう考えていた。ただスタッドで殴ったことは予定外だったんでしょう。なぜならそんなもので殴れば弓岡製鎖工業関係者が怪しいと思われてしまいます。バレないよう首を絞めたロープはこのものを使っていないのに、スタッドはここのもので殴った——これはおかしい。つまりは殴ったことは予定外だったということです。まあ殺人に予定外は付き物ですわ。そういう予定外があるから私らは犯人に迫れるんです……」

山崎は無言だった。さすがだ……どうでもいい話をしていたのに、岩田はたった一つの問いから一気に距離をつめた。この反応なら岩田の推理は正しい。そして山崎が犯人ということだろう。岩田はしばらく黙っていたが、準規が代わりに口を開く。

「山崎さん、正直に言ってください。あなたが殺したんですか。今のうちならまだ……」

その時、岩田はこちらを睨《にら》んだ。山崎も同じように鋭い視線を送ってきた。

「なんじゃこら坊主、脅しとるんか！」

急に山崎は立ち上がると叫んだ。準規を睨みつけ、壁を思いきり叩《たた》いた。

「ふざけんなや！　やっとらんし、やっとっても絶対に言うか！」

激こうする山崎を、岩田が必死でなだめた。子供をあやすように自分たちの非を平謝りしている。促されて準規は謝ったが、どうしてという思いがあってやりきれない。自分はそこまでまずい事を言っただろうか。むしろこんなに怒るということは、山崎にはやましいところがあるのではないか。だが岩田はすみませんでしたと何度も謝り、準規を押し出すように山崎宅から退散した。

署に帰る車の中、岩田は無言だった。

怒られると覚悟していたがそれもない。もう見捨てられているのだろうか。準規もしばらく黙っていたが、やがて我慢しきれずに口を開いた。

「班長、どうしてなんです？　俺そんなに軽率でしたか」

問いに岩田は答えることなく、タバコを吸っていた。

「こっちは公務を執行しているだけです。どうしてこんなに下手に出るんですか」

いつ怒りが爆発するかと思ったが、構わずに準規は問いを重ねた。

「なあ池内よ、あそこで話そうや」

岩田が指差した先にはラーメン屋の屋台があった。

「本当は酒でも飲みながら話したいもんやがな」

意味がよくわからなかったが、準規は了解した。車を近くに停めると、二人は屋台のラーメン屋に向かう。醤油《しょうゆ》ラーメンを注文した。

「一つ聞きたいんやが、池内お前……」

水差しから安っぽいプラスチックのコップに水を入れた。

「人の情ってもんを、どう考えとるんや」

抽象的な問いだった。理詰めで話す岩田にしては珍しい。答え難《にく》い質問だ。準規は少し考えた。情か……夕方にも網干駅で思ったが、自分は子供の頃からそういうものに嫌悪感を持っていた。母は情という意味では極めて篤《あつ》い女性だったろう。若く美しい外見に男が寄ってきていたが、再婚の申し出を断り続けていた。だが生活保護を受ける暮らしは厳しく、若くして死んだ。準規は思った。情などというものでは何も変わらない。こんなものは弱い人間が自己肯定するだけのもの。傷の舐《な》めあい。重要なのは理であり力だ。今の自分にできることは少しでもいい大学にいくことだと。

大人になってからも同じだ。腹を割って話すというといつも酒が絡む。飲めないと断ると、面白味のない人間だと思われる。バカらしい。腹を割って話すことはいい。だがどうしてそこに酒が絡むのか。酒を飲まずに話せないほどコミュニケーション能力が不足しているのか。酒が苦手な人間に情だなんだといって狭量な価値観を押し付けるなと思う。兄貴もそうだった。だらしない生活をしながら、準規に酒も飲めない奴は一人前じゃないと説教をした。いつかお前と飲みたいなどとわかったようなことも……つまり準規の感覚では情というやつは弱いくせに傲慢《ごうまん》で自己中心的な小悪党にしか見えない。

「ちょっとわかりにくい質問やったか。けど今回の事件、この人の情ってもんを理解せんと見えん。池内、お前は偽装工作を見ておかしいと思いつつ、それ以上に思い至らん。それは人の情ってもんの複雑さがまだよくわかっとらんからや」

準規は目を合わせずにそうですかねと不満気に割り箸をつまんだ。自分の能力はまだまだ未熟だと思っているが、そう言われると少しカチンとくる。ただ不満はあっても岩田のことは尊敬している。それは彼がいつも理で話すからだ。

やがて醬油ラーメンが運ばれてきて、岩田はそれを音を立てながらすすった。

「山崎だけでなく、みんなが弓岡翔子を守ろうとしとるんやわ」

みんなが……その部分をなぞりつつ、準規もラーメンをすすった。

「藤井《ふじい》いう元看護師がおったやろ？　彼女は事件のことをもっと知っとる。でも決して言わん。それに茉莉花、あの女は長山に約束のブランド品をよこせと迫っていた。彼女は今、別に借金はあらへん。贅沢《ぜいたく》もしとらん。茉莉花も翔子のために、少しでも金を集めようと努力しとったんや」

「そう……だったんですか」

「ああ、夢前川の連中はみんなで翔子を助けようとしとる。そやからこれだけ駆けずり回っても犯人がいまだに見つからんのや。わかるか？　夢前川の連中が証言を拒む以上、この事件は決して簡単には解決せん。なんとかして犯人につながる情報を連中から引き出さんといかん。そのためには連中の建てた情の壁を打ち破らんとあかんのや」

スープの味が、いつの間にか消えていた。

岩田が発する一言一言は準規の心にすっと染み込んで行った。これが岩田の強み。情による推理なのだろうか。山崎を相手にした岩田は理詰めだった。ただその理というものは地道な調査の上に、人の心理の襞《ひだ》の奥まで踏み込んで出来上がっている。これが情を解する理というものか。頭がいいとか悪いというのではなく、岩田は人間の心、その強さも弱さも知った上で真実にせまっている。

「そういう意味で、偽装工作と打撲痕《こん》について考えてみいや」

準規は割り箸を唇に当てた。致命傷になりかねないほどの打撲痕だ。スタッドで殴ったことはすぐにばれる。それなのに何故自殺に見せかけようとしたのか、どうして犯人はすぐにばれる偽装をしたのか――準規はスープを少しだけ飲むと、ナルトをくわえたまま固まった。たしかにバレる可能性が高くとも、少しでもだませると思えば偽装してもおかしくはない。だがこの場合、百パーセント偽装は見抜かれる。そんな状況であれだけ労力を使って偽装したということは……そうか、そういうことか。わかりはじめて来た。

「わかりました。頭部には打撲痕がありましたが血は流れていません。打撲痕は髪に隠れてすぐにはわからない。偽装した奴は打撲痕があると知らなかったんです。絞殺だとしかわからなかった。だから首吊《くび》り自殺に見せかけようとした。こんなこと、殴った奴は絶対にしない。つまり犯人は二人いた。殺した奴と遺体を動かし偽装した奴は別人、何の関係もない第三者が遺体を移動させたんです。きっとそれは弓岡翔子を守る為です」

岩田はスープをすすると、こちらを見て満足げにうなずいた。

「そういうことやな。ところで池内……この夢前川の連中、一見バラバラやが何処でつながっているんやと思う？」

準規は少し考えたが、比較的早く答えが出た。

「あの店じゃないですか、居酒屋の利庵《りあん》。全員があそこの客です。弓岡製鎖工業はアンカーチェーンを作っていますが、連中の情の鎖はあの居酒屋が作っているんです」

岩田は感心した顔を見せた。こんな表情を見るのは初めてだ。

「うまいこと言うやないけ。ただあそこの主人、鳴川仁《なるかわじん》にお前の兄貴は借金しとったらしいな。お前にとっては追及しづらい相手やろ……情の鎖を断ち切れるか」

「ええ、必ず真実を見つけ出します」

即答に岩田は深くうなずくと、手前にあった小さな瓶を手に取った。

「ほれ、池内……ラー油も使えや」

微笑みながら岩田はラー油を差し出した。礼を言うのを忘れて、準規は言われるままにそれを麺《めん》の上に垂らした。だが思いに反してラー油はぼとぼとと垂れた。かけすぎだ。

「おいおい、そりゃあいくらなんでも……」

「いえ、これが美味《うま》いんですよ」

強がりながら準規は微笑んだ。その笑みに岩田も笑顔で応じた。

2

客がはけたのは午後九時四十分だった。

勘定を済ませた客にまた来てやと、萌《もえ》が可愛らしく両手を振っていた。

「おう、萌ちゃんまた明日も来るよってな」

金髪の若者は弓岡製鎖工業の工員だ。最近まではあまり店には来なかったが、山崎に無理やり引っ張ってこられて以来、毎日のように来る。明らかに萌が目的だ。この客以外にも萌が来てから足繁く通い始めた客は多い。中には六十を過ぎて孫の居る客までいる。昨日は珍しく浅尾までやって来た。鳴川が萌のことを話したからだろうか。萌は寡黙な客にこそ積極的に話しかける。店が終わってからも二人は何か喋《しゃべ》っていた。老若男女を問わず、萌は人気者になっている。高校時代の翔子のようだなと当時を思い出した。翔子はまさにアイドル……今でこそ少し疲れているが、自分にとっては女神様だ。その輝きは変わらない。

「ちょっと、一大事よ！　鳴やん」

不意に引戸が開いた。さっきまでいた常連客、元看護師の藤井が戻って来たのだ。鳴川ははっとして藤井を見る。

「二人ともちょっと来て！　お地蔵さんのところよ」

「どないしたんや、藤井さん」

鳴川が問いかけるが、藤井はいいから見に行ってと言ってきかない。鳴川と萌は言われた通りに近くにある小さなお墓の前に向かう。お地蔵さんにかぶせられた麦藁《むぎわら》帽子がなくなっていた。

「一大事ってこれか、誰かが麦藁帽子持って行きよった」

「鳴やん、それはもう暑ないからやろ。問題はこっちや」

萌はお地蔵さんの足元を指さす。どうやら藤井が言う一大事とは麦藁帽子のことではないようだ。

「なんや、これのことか」

鳴川は鼻から息を吐き出した。思わず口元が緩む。お地蔵さんの前には段ボールの箱がある。その中には子猫が五匹入れられていて、にゃあにゃあと鳴いている。キャットフードが置かれていた。どうしても飼えません、すみませんというメッセージがあった。

「えらいこっちゃ……ウチも猫好きやけどお父ちゃんが猫アレルギーで飼えへんねん」

萌は腕を組んで子猫たちを見つめていた。

「藤井さんよ、一大事ってこの捨て猫のことかい」

鳴川の問いに藤井はそうよと言った。

「大変なのよ、鳴やん主任児童委員でしょ？　なんとかしてよ」

「俺は子供の守りしとるが、一応人間専門なんや」

「だったらどうするのよ」

「しゃあないですな。とりあえず引き取って利庵に里親募集のチラシ貼りますわ」

藤井は頼んだわよと言った。鳴川は仕方なく段ボールに入れられた子猫を店に持って帰った。にゃあにゃあという鳴き声を後ろに鳴川は一度外に出ると、店の札を「準備中」に裏返す。

「あれ、なんやもう閉めるんか」

萌は茶トラを抱っこしていた。若さがあり余っていてまだまだ働ける、物足りないという表情だ。

「ああ、今日はもうええわ。明日は休みやから、片付けは俺一人でやる」

「ふうん、さよか。お給料は定時の分まできっちりやで」

「ところで萌、お地蔵さんに麦藁帽子被《かぶ》せた犯人お前やろ？」

不意打ち的な問いに萌は目を丸くした。図星のようだ。

「さっき俺が麦藁帽子がないって言うたら、お前すぐにもう暑ないしって答えたからな。被せた理由、白状しとったやないけ」

萌はふうと息を吐き出す。ばれてしもうたかと観念した。

「お地蔵さん、暑そうやったし、しゃあないやん」

鳴川は少し笑った。優しい子だと思った。

「どろ焼き探偵の事件簿にまた一人、犯人のリストが加わったわ。迷宮入りを阻止した」

「あーあ、バレてしもうたわ、ほんならウチ帰るよって」

茶トラを箱の中に戻すと、萌はエプロンを外した。鳴川は少し真面目に言葉を返す。

「それにしてもお前さんが来てから明らかに客が増えたわ、おおきに」

「なんや鳴やん、ウチを照れさす気か？　らしないで……ほんならまたな」

萌は帰って行った。ただ少し真面目に言ったせいか、恥ずかしそうにしていた。動揺したようでエプロンを忘れている。いつも休みの前は洗うために持ってかえるのだが。まあいい、明日にでも届けてやろう。

萌が帰ってから鳴川は軽く片付けをし、外に出た。

ポケットに手を突っ込みながら、夢前川を海へ下った。魚がはねる音が聞こえる。播《はり》磨《ま》灘《なだ》がすぐ近くだから、川を上って来たようだ。ふと電柱を見ると、灘《なだ》のけんか祭りの看板が掛かっていた。姫路《ひめじ》の街はけんか祭りに向けて準備が整いつつある。さぞや白浜《しらはま》の宮《みや》では盛り上がっていることだろう。

鳴川は誰もいない狭い公園の中に足を踏み入れた。

パンダの顔が描かれたベンチに腰掛けた。この公園は利庵より弓岡製鎖工業からの方が近い。公園としての機能はずっと前に喪失しているが、色々な野草が咲いていて気分が落ち着く。夏は暑いが、冬場は陽射しが心地いいのだ。十月中旬。この頃は暑くもなく寒くもなく過ごしやすい。鳴川は工場にいた頃、よくここで昼食を摂《と》っていた。工場に通う若者たちの穴場になっていて、このベンチの上で眠ってしまったこともある。

川の近く、公園の片隅には小さな白い花が咲きかけている。野路菊だ。鳴川は野路菊を見ながらポケットから手を出した。右手には小さな酒瓶が握られている。官兵衛にごり酒という地酒だ。

「鳴やん、ここにおったんか」

不意に声がかかった。振り返るとくたびれたパンチパーマの男が立っている。山崎だ。

「店が閉まっとったもんでな。ちょっと話があるんや」

話？　とオウム返しに訊《たず》ねた。

「刑事が来た。製鎖工場のもんが疑われとる」

山崎は説明を始めた。岩田と池内という刑事が来たこと、二人は弓岡製鎖工業内で長山は殺されたと断定していること、その理由は翔子の連帯保証債務、そして絞殺前にスタッドで殴られていることだと説明した。

「そやったんですか」

血の気が引く思いがする。もうそこまで警察は摑《つか》んでいるのか。しかもスタッドで殴られたなど、鳴川の知らない事実だ。あの時、頭部の打撲痕には全く気付かなかった。自分の浅はかさが情けない。

「それで鳴やん、一つ訊《き》きたいんやが……」

山崎はそこで一度言葉を切った。言いづらそうで長い間が空く。山崎はもう一度鳴川の名前を呼ぶと、やっと言葉を発した。

「あんた、長山を殺したんちゃうよな？」

鳴川は口ごもった。まさかと笑おうとしたができなかった。山陽電鉄が鉄橋を通り過ぎていく中、黙って山崎を見つめた。その問いは逆にこちらが発したいものだ。長山を殺した犯人についてあれから考えた。翔子でないなら誰だろう？　浮かんだのはこの山崎だった。翔子の親戚でもあり、弓岡製鎖工業内で山崎以上に強い動機を持つ者など考えられないからだ。翔子の借金について知っているのもごく一部だっただろう。

「どうなんや、正直に言うてくれ。翔子ちゃんの借金のこと知っとる奴、ようけはおらん。刑事は犯人が弓岡製鎖工業関係者って断定しとるんや。翔子ちゃんの連帯保証債務以外に動機は無い。鳴やん……あんたとオレ、長い付き合いやろ？　隠さんでええ、正直に言うてくれや」

山崎は池内の失跡後、入れ替わりの格好で工場に来たので、つき合いはもう十四年になる。その瞳《ひとみ》はどこか寂し気に映る。違うという言葉が頭に浮かんだ。これだけではっきり言えないが、直感的にこの山崎は違う。犯人じゃない。

「殺したんは俺やないですよ、山崎さん」

否定したが、山崎は無言のまま、こちらを見ていた。本当かと問い直している感じだった。

「ただ俺は……遺体を運びました」

山崎は少し目を大きくした。これは事実だ。鳴川は長山が殺された日のことを克明に語っていく。それは刑事の前では語らなかったあの日のすべてだ。長山の家に行ったことから帰り道に工場に寄ったこと、そこで遺体を発見したこと、翔子がやったと思い長山の家まで運んで偽装工作をしたことまで。山崎は聞き終わると、呆れたように微笑んだ。

作った。

「あんたらしいわ、鳴やん」

山崎はベンチに腰掛け、ポケットから煙草を取り出して火をつけた。巧みに煙の輪を

「それやったらやっぱり、翔子ちゃんなんやろうかな」

山崎はつぶやいた。そうかもしれない。翔子は否定していたが、そういう可能性もまだ残っている。

「それと鳴やん、さっき大阪債権回収いうサービサーが来たんやが、連中、翔子ちゃんに資産がないとみると、夢前川の土地をよこせ言い始めたんや」

「つまり山崎さん、サービサーは工場つぶして土地だけふんだくるいうことですか」

「そういうことやわ……連中は長山のようなヤクザとはちゃう。そやけどどうやったら最高の収益をあげられるかいう理に秀でた集団や。どうせお得意の計算で翔子ちゃんから何年もかけて回収するより、工場潰《つぶ》した方が手っ取り早いと判断したんやろ」

サービサーの回収のやり方は会社によって大きく差があるという。いいサービサーに当たればいいが、悪いサービサーなら目も当てられない。鳴川は夢前川でサービサーにボロボロにされた中小企業社長を何人か見てきた。その人たちは支え合い、債務を負いながらずっと頑張ってきた人達だった。そういう絆《きずな》をサービサーは収益計算という理によって簡単に切断していく。

「あの土地は江戸時代から弓岡家の土地や。喜《き》八《はち》社長は仕事がすべての人やった」

鳴川は黙って考えていた。工場が潰れてしまえば翔子の夢は終わる。一億に減ったとはいえ、利庵に来る夢前川のみんなが出し合っても到底そんな大金は用意できない。長山が死んでも結局変わらないのか。

「結局は連帯保証人制度のせいや、こんなもんがなかったら」

山崎は何気なくそうつぶやいた。今更言っても仕方のないことだ。だがその時、鳴川にはふっと閃《ひらめ》くものがあった。

「どないしたんや、鳴やん」

不審に思った山崎が問いかけてきた。鳴川は即答せず、黙って考えを整理した。そうか、一人いる。長山を殺す動機を持った奴が……。山崎はどうしたと同じ問いを重ねてきた。鳴川はその問いに応じる形で口を開いた。

「石井ですよ、石井一樹……」

山崎は意外な顔でこちらを見た。

「奴やったら動機は十分ちゃいますか？　石井は弓岡製鎖工業についても詳しいし、あそこに何があるか知っとったはずです。スタッドやて当然……」

「鳴やん、石井はないわ」

山崎はさえぎった。何でですかと鳴川は問いかけた。

「石井が失踪《しっそう》しとるんは知っとります。けど奴は主債務者やないですか。見つかったら一番追及されるんは奴や。何も翔子ちゃんを守ろうとしたわけやない。逆や。むしろいざとなったら翔子ちゃんのせいにしよう思うて工場に呼び出したんとちゃいますか？　あのクズやったらそれくらいやりかねへんです」

興奮気味に言ったが、山崎はかぶりを振った。

「実はな、石井の居る場所……オレは知っとるんや」

鳴川はえっと漏らした。石井は失踪中ではなかったのか。

「鳴やん、オレは翔子ちゃんの連帯保証債務のこと聞いて、石井の行方を探した。探偵に金払うてな……そいで見つけてくれたんや。だが奴はもう破産しとったよ」

「破産？　石井が……」

「ああ、長山も取り立てのプロや。奴に見つかってなくなくそうしたらしい。破産してしまえば、借金取りからは解放される。つまり石井には長山を殺す動機が全くないんや。後、これは翔子ちゃんにも言うてへんことやが言うわ。石井には女が何人もおったらしい。奴は結婚と離婚を繰り返して姓を変えて逃亡しとった。探偵の話ではこういう連中の常套《じょうとう》手段なんやそうや」

鳴川は湧き上がる怒りを抑えつつ、そうですかと奥歯を噛んだ。黙っていると、再び山陽電鉄が通り過ぎていく音が聞こえた。

「石井の住所、教えてくらはりますか」

鉄橋を見上げつつ、鳴川は山崎に頼んだ。

夢前川を発した軽トラは、姫路市内を出て加古川《かこがわ》を渡った。

山崎に渡されたメモには明石《あかし》市内の住所が書かれていた。鈴木《すずき》という苗字になっているが、これが石井の女の家だという。鳴川は必死で頼んで山崎から石井の住所を聞き出した。行っても仕方ないと山崎は否定的だった。その通りなのだろう。もう奴に借金はない。石井が長山を殺す動機は消えている。石井に会って何がしたいのだろう？　自分でもどうしたいのかわからない。だが鳴川は黙ってハンドルを握っていた。

午後十一時前、山崎のメモにあった住所に辿《たど》り着いた。

住宅地にある没個性的な一軒家だ。鈴木という表札が見えている。鉄筋二階建て。クリーム色で比較的大きな家だ。庭も広い。明かりは点《つ》いていないが、住民が寝ているという感じではない。駐車場には車がなく、洗濯物が干されたままになっている。出かけている感じだ。鳴川はこんな時間だが念のため、インターフォンを鳴らした。だが誰も出てこない。

「ホンマにここなんやろか」

つぶやきつつ、郵便受けに書かれた住所を確認した。メモの住所と同じだ。鳴川はどうすべきか考えた。明日は店が休みだ。少々遅れても構わない。鳴川はそのまま軽トラの中でしばらく待つことにした。犬小屋があって鎖につながれたコーギー犬が舌を出している。物干し竿《ざお》には男物と女物の洗濯物が干されていた。社長である翔子の家より大きい。破産した石井がここに住んでいるというのだろうか。

一時間くらい経った。石井の姿はない。鳴川は荷物入れに入れてあった『もうひとつの土曜日』のテープを手にとった。だがデッキの前で手を止めた。これを聴く気分ではない。そう思っていると一台の車がやって来た。鳴川はテープを助手席に置いた。

BMWを三十代半ばの男が運転していて、助手席に若い女性が乗っていた。やがてBMWは車庫に停められ二人が出てきた。どちらにも幸せそうな笑みがある。男は赤いアロハシャツを着てビール瓶を手に持っている。化粧の濃い女性の肩を抱き寄せてからキスをした。やがて玄関の外灯に照らされて男の顔が浮かび上がった。いやらしい目で女性の首筋に舌を這《は》わせた男の顔には見覚えがあった。鷲鼻《わしばな》に少しねむそうな二重瞼《ふたえまぶた》。鳴川は歯を嚙《か》み締めた。覚えている。こいつは間違いなく石井一樹。翔子の元恋人で彼女に三億二千万もの連帯保証債務を負わせた男だ。

鳴川は車から降りると、玄関手前で声をかけた。

「夜分すみません、ちょっといいですか」

思いを抑えつつ、可能な限り丁寧に言った。石井は鳴川を見ても誰であるかわからない様子だ。無理もない。鳴川はずっと前からこいつを知っているが、石井は鳴川のことなど気にも留めていないだろう。会ってはいても奴にとって自分は風景。製鎖工場の一作業員、飲み屋の一主人としか思っていまい。お前と翔子が店に来たとき、俺がどんな思いでどろ焼きを焼いていたのかなど知るはずもないだろう。

「何や？　誰やあんた」

石井は不審気にそう訊《たず》ねてきた。鳴川は自分の姓を名乗った。だが石井は鳴川という苗字を聞いても思い出せない様子で、知らんわとあくびをした。

「俺のことはええです。そやけど長山和人《かずと》のことは覚えとるでしょう？　石井さん、あんたが殺したんですか」

石井は黙っていた。こちらが何者であるか考えているようだ。

「石井さん、あんたは長山に借金を負っていたんですよね？　それで殺したんとちゃいますか」

「アホぬかせや、俺はもう自由の身や」

石井は酒臭い息をこちらに吐きかけた。鳴川は奥歯に力を込め、必死で湧き上がってくる怒りを抑える。

「石井さん、あんた連帯保証人になった弓岡翔子のことを考えたことがあるんか」

精一杯抑えた鳴川の問いに、石井はああん、とチンピラのように応じた。

「彼女の会社、このままやとあんたのせいで潰れてしまうんや」

「おいこら、それがどうしたいうねん」

石井は鳴川を睨んでいたが、やがて鳴川の軽トラに目をやる。思い出したように一度手を叩《たた》いた。

「思い出したわ、鳴川、お前利庵の主人やろ？　お前翔子に気があったわけか」

石井は人差し指でこちらを指すと、笑った。翔子に気があることを言い当てられたのは初めてだった。よりによってこんな奴に……。

「あれはええ女や、ただ真面目すぎて面白ない。飽きたから長山にやったんや」

石井はニヤニヤしていた。鳴川は無言だ。長山にやった――その言葉だけがやまびこのように響いている。

「惜しい気もあったが、もう三十路《みそじ》やしな」

石井は利庵のロゴが入った軽トラに手を触れた。

「翔子は今、お前と付き合うとるんか？　まあどうでもええわ。それにしてもボロい軽トラやな、当然中古やろ？　鳴川お前、車も女も中古が好きなわけやな」

石井は軽トラのタイヤを蹴飛《けと》ばした。目の奥が熱い。何かが自分の中で音を立てて切れる気がした。鳴川は大声で叫ぶと、石井につかみかかっていた。

「なんやこら、何さらすんじゃ！」

石井も叫んだ。鳴川は石井の髪の毛を引っ張る。石井は強引にそれを振りほどいた。

「許さん！　石井、お前だけは絶対に許さん」

鳴川は殴りかかった。だが石井はそれをかわした。後ろで石井の連れていた女性が悲鳴を上げた。それを受けて近所の灯《あか》りがつき、家々からの視線が刺さった。

「お前のせいや！　石井、お前さえおらんかったら」

鳴川はもう一度叫んだ。だがその瞬間、頭部に衝撃があった。

目の前が暗くなった。力が抜けていく。膝《ひざ》が地面に触れた。意識が飛ぶ寸前、目の前で石井がビール瓶を持って薄笑いを浮かべていた。

3

目を覚ますと、ベッドの前には朝日が差し込んで来ていた。

いつもの朝ではない。明石市内にある総合病院だろう。個室のようで周りに患者はいない。担ぎ込まれた鳴川は救急車の中で一度意識を取り戻した。石井にビール瓶で殴られたのだ。頭から血が出て、服が赤く染まっていたのを覚えている。簡単に事情を話したはずだ。だがそれからの記憶はない。頭には包帯が巻かれていた。

「起きたか鳴やん……オレが悪かったんや、すまんな」

パンチパーマの山崎がこちらを見下ろしていた。

「鳴やんの性格考えたら、こうなることは予想せんとあかんだのに」

山崎はすまなさそうな顔だった。鳴川は自業自得ですと首を横に振った。

「出血の割には、傷は大したことないそうよ。骨にも異常がないって」

話しかけてきたのは、元看護師の藤井だ。

「山崎さんに事情は聞いたわ、鳴やんも翔子ちゃんを守ろうとしていたのね」

知られてしまったか。だが山崎を責める気はない。それよりも藤井が口にした「も」という一文字が気になって、鳴川は藤井の顔をじっと見つめた。

「私もそうなのよ。翔子ちゃんが苦しんでいると聞いて、あの子を守りたかった。あの子は子供の頃から本当にいい子だったから。去年夫を亡くした後、私、病気していたでしょ？　鳴やんには言わなかったけど、急に調子が悪くなったことがあってね。翔子ちゃんに助けてもらったのよ。あの子は仕事の合間、心配してよく見舞いに来てくれていたから。今通っているショートステイも、あの子が心配するといけないと思って始めたの。手続きも翔子ちゃんがしてくれたわ」

そうだったのか。藤井が心身ともに疲れ切っていたのは知っていたが、そんなことがあったとは知らなかった。

藤井の横には茉莉花がいて、うなずいていた。

「私もよ。藤井さんと同じように翔子ちゃんに助けられたことがあるの。ずっと前、つらいことがあってね。あの時はもう生きていても仕方ないって自殺を図ったの。でもそんな私を止めたのは翔子ちゃんだった。あの子は私を叱ってくれたわ。涙流しながら生きてって励ましてくれたの。本当に優しい子……あの子がいなければ死んでいたかもしれない」

茉莉花のさらに横には漫才コンビのような夫婦がいた。

「鳴川さん、水くさいやん、ウチらにも話してくれたらよかったのに」

派手な化粧をした女性が口を開いた。一番端にいる大人しそうな男性も黙ってうなずいている。鳴川は一瞬誰だったかわからなかったが、萌の両親だ。

「この人、一応鬼塚《おにづか》建材の社長やし。まあ億の金はとても無理やけどな……それでもウチらに言うてくれたら少しくらいは用立て出来たのに。アホやなあんた」

萌の母親は鳴川を責めながらも、温かい目だった。

「萌ちゃんが一番活躍していたのよ、みんなに連絡して」

茉莉花が指差した先には萌がいた。椅子に座ってうたた寝をしている。あどけない顔で朝日に照らされていた。茉莉花の言葉を山崎が引き継ぐ。

「昨日の晩、萌ちゃんはエプロン忘れた言うて店に帰ってきとったんや。鳴やん、公園でのオレらの話、聞かれとったらしいわ。オレはあの後、萌ちゃんに追及されてな……事情を話した。萌ちゃんはそんなこと言うたら鳴やんが暴走する言うてオレの車で一緒にすぐ明石に向かった。あんたが殴られた直後に石井のトコに着いたわ。病院に連絡したのも萌ちゃんや。警察も呼んで石井は逮捕されよったよ。まあどうせすぐに釈放されるやろけどな」

「そう……やったんですか」

病室にはそれからしばらく沈黙が流れた。だがやがてううんと言う声がした。鳴川もみんなもそちらを向く。萌が目覚めたようでのびをしている。目を擦《こす》ると、こちらを見た。

「ああ目え覚めたんか、鳴やん」

萌は優しい顔だった。一度あくびをする。よだれが口元についていたのに気づき、恥ずかしそうにそれを拭《ぬぐ》った。鳴川は礼を言おうとしたが、途中で萌が遮った。

「鳴やん、あんた矛盾しとんで」

「矛盾？　俺がか」

「そうや、矛盾や。あんたはいつも困った人たちに手を差し伸べてきた。一人暮らしの老人や、親が働いとる子供の守りもしてきた。そん時こう言うてきたやろ？　抱え込まんと、何でも言うて……鳴やん、あんたそう言うんやったら自分の悩みもみんなに打ち明けやなあかんやろ」

萌の言葉に、山崎がそうやなとつぶやいた。そのつぶやきに藤井や茉莉花もうなずいている。鳴川は目頭が熱くなった。こんなに支えてくれている人達がいたのに、自分は全てを抱え込んでしまっていた。悪かった……そう小さく言うだけだった。

それからまたしばらく時間が流れた。鳴川は思い出したように山崎の方を向いた。

「山崎さん、翔子ちゃんにこのことは……」

「心配せんでもええよ、鳴やん」

そう言ったのは萌だった。

「翔子さんには言うてへん。言うつもりもないわ。石井みたいなクズのために鳴やんがこんな目にあったって知ったら、あの別嬪《べっぴん》さん心痛めるやろうからな。ただでさえ連帯保証債務で悩んどるのに負担をかける。鳴やん、そう言いたいんやろ」

鳴川はああとうなずいた。その通りだ。よくわかったな……それにしてもここまで萌は気がまわるのか。知らなかった。元気だけが取り柄の現代っ子だと思っていた。ただその言葉でしばらく忘れていた思いが再び浮かんでくる。結局自分は長山を殺した犯人がまるでわかっていない。翔子なのか、それとも……そんな鳴川の思いを汲《く》み取ったように、山崎は口を開いた。

「鳴やん、この部屋は個室や。それにもうここにおるみんなは知っとるよって言うわ。刑事の話では翔子ちゃんの証言通り、アリバイは確認されたそうや。姫路駅で何人かが目撃しとったよ。意外にもナンパ目的で近づいた連中が証言してくれたんやて。翔子ちゃんは殺人はしとらん。これは確定や。そやから後は二つやな。犯人が単独で長山を殺したか、翔子ちゃんに言われてやったか」

そうだったのか……自分がやったことは無駄だったという思いはない。あるのは二つの思いだ。一つは翔子が犯人ではないという安堵《あんど》感。もう一つは見えない犯人への警戒心だ。おそらく翔子が誰かにやらせたという線はない。翔子がそこまで心を許した人間で、長山を殺すことができる人間など思い浮かばない。

「鳴やん、昨日話すつもりやったんやが、よう言われへんかったことがある」

山崎の真剣な言葉に鳴川は顔を上げた。

「オレは弓岡製鎖工業の工員を調べた。犯行現場が工場、スタッドで殴られたんやったら犯人はどう考えても刑事らの言うとおり、ウチの工場関係者しか考えられん。あんたを疑った理由もそういうことや」

そうですかと鳴川は応じた。

「ただ鳴やん、あんた以外にも一人、候補がおったよ」

「あと一人？　誰やねん、山崎のおっちゃん」

興奮気味に萌が身を乗り出した。山崎は焦《じ》らすように答えない。鳴川はすぐには分からなかった。だがやがて一人の工員の姿がぼんやりと浮かんできた。

——鳴川、ちょっとええか。

その瞬間、何かが体の中を貫いた。あのとき、あいつは何かを言いたそうだった。あいつはこちらから話しかけなければ決してしゃべらない。だがあの時は違った。あいつの方から話しかけてきた。一昨日も珍しく店に来ていた。何か相談事があったのに萌に捕まったのかもしれない。

「浅尾昌巳《あさおまさみ》……ちゃいますか、山崎さん」

鳴川の言葉に、山崎はそうやとうなずいた。

やはりそうか。浅尾はベテランだ。工場の中では最も働いている年数は長い。あの日も一人で工場に残って作業をしていた。おそらくはサービス残業。だがそれをあいつは苦とも思わないのだろう。

「鳴やん、今の溶接場は昔より効率がようなっとるやろ？　あれは浅尾が考えた工夫なんやわ。翔子ちゃんがいつもメガホンで怒鳴って目だっとるが、喜八社長がおらんようになってからは浅尾昌巳。ずっとあいつが工場のエースや」

鳴川はそうですかと応じた。鳴川の知る浅尾はいつも冷めていた。何にも関心がないように見えた。だがあいつは本当はそんな人間じゃない。内には熱いものを宿している。今回も鳴川以上に熱く燃えていたのかもしれない。

「鳴やん、どう考えても浅尾くらいしかおらんわ」

山崎の言葉に、鳴川はええと首を縦に振った。

「俺はそれほどできた人間やあらへん。でも浅尾はちゃいます。あいつは無口でしたが絶対に約束は破らない。一度も工場を休まへんかった。こんなこともあります。あいつのミスでアンカーチェーン製造が遅れたとき、浅尾はそれを取り返すために朝まで一人でずっと仕事をしとったんです。明け方に社長に見つかり、泥棒と勘違いされたそうやが……」

笑いは起きなかった。

「まあそれはともかく、浅尾は超のつくほど真面目な奴なんですわ。普通では考えられませんが、あいつほど真面目な奴ならそれくらいしてもおかしくはない。考えとうないですが、翔子ちゃんを守るために長山を殺害してしまった。浅尾ならありうることや」

鳴川の言葉にしばらく誰もが口を閉ざした。浅尾という人物の名が誰の心にも刻まれていっているようだ。しばらくしてから萌が言う。

「まあ何にせよ犯人の名前当てたんやし、どろ焼き探偵、完全復活や！」

浅尾が犯人と決まったわけではない。だが忘れかけていた呼び名に、鳴川は笑みを漏らした。それはずっと空気が張り詰めていた病室内に舞い降りた久しぶりの笑みだ。

「入院中はウチが利庵の店主や、心配せんと鳴やんは寝とき」

「あかんあかん、店つぶされてしまうわ」

鳴川は否定したが、藤井は大丈夫と胸を叩いた。

「鳴やん、心配しなくていいわよ。どろ焼きは萌ちゃんじゃなくあたしが焼くから。著作権上の問題があるなら、どろ焼きは犬の顔にしてドロシー焼きにするわ」

「藤井のおばちゃん、なんやそれ」

萌が笑った。それをきっかけに笑顔の連鎖が起き、病室に溢《あふ》れた。

萌、その両親、山崎、藤井、茉莉花……彼らの笑顔を見ながら鳴川は心の中でごめんとつぶやく。これまで自分は翔子のこと、事件のことを一人で抱え込んできた。これだけ温かい人たちのつながりがあるのにそれを無視してきた。

弓岡製鎖工業ではアンカーチェーンを製造している。どこにも負けない立派な鎖だ。だが考えてみれば俺たちも鎖だ。みんなが翔子を守りたいと思っている。支え合いたいと思っている。鳴川は思った。この町、人が温かい一本の鎖だったんだと。


二日間の入院の後、鳴川は退院した。

萌や藤井に利庵を無茶苦茶にされることが心配だったわけではない。思ったより傷は浅かったのだ。鳴川はいつも頭にタオルを巻いている。まだ頭の包帯はとれないが、店に出てもたぶん気付かれないだろう。ただ大事をとって営業は明日からだ。連休がからんだので一日臨時休業にするだけで済んだ。少し無理をすれば明日はけんか祭りにも参加出来るだろう。

曇天の下、警察で聴取を終えた鳴川は飾磨《しかま》駅方向へ進んでいた。

胸ポケットにはメモ用紙がある。必要事項を書き留めてきた。休みを利用して調べられることは調べようと思っている。「しかまアパート」三〇五号室。山崎が調べた浅尾の履歴書に書かれていた住所だ。飾磨駅からそのアパートには三分ほどで着いた。四階建てで鉄筋だがかなり造りが古い。建てられた当時は最先端だったのかもしれないが「しかまアパート」の文字も姫路駅近くにある映画ビルをほうふつとさせる古さだ。

「三〇五号室……あそこか」

軽トラを停めると、鳴川は履歴書にあった浅尾の部屋を見上げた。

エレベーターもないアパートだ。階段で三階まで上がると、ドアの前で一度立ち止まった。浅尾という札がかかっている。だがノックしても出ない。いそうな気配もない。ダメだなと思って鳴川は浅尾の部屋を後にした。しかまアパートを見上げる。浅尾、お前が犯人なんか？　心の中で問いかける。だが返事などない。軽トラに向かうと、一人の男がトラックの中を見ていた。

「ああ、鳴川さん……利庵のトラックがあったもので」

池内準規だった。いつも一緒にいる岩田刑事の姿はない。

どうしてこいつがここにいるんだろう？　警察は浅尾を追っているのか。ただ違う考えも浮かぶ。ひょっとしてこいつは自分を尾行していたのではないか。気付かれて居直ったのかもしれない。

「鳴川さん、今日はどうされたんですか」

鳴川は名誉の負傷や、ととぼけた。

「石井とのこと、聞きましたよ。災難でしたね。調べましたがあいつは酷《ひど》い奴です。人間のクズだ。今回の件も正当防衛だと主張しているようです」

「先に手を出したのは俺や、髪ひっぱったら傷害罪なんやろ」

「よく知っていますね。毛根を傷つけるからというのが理由になっています。どれだけ挑発しようが、先に手を出した方が悪いとされるのが通例です。難しく言うと犯意の飛躍的表動……おかしなことですがね。連帯保証人制度と同じだ」

石井に対する怒りは到底収まらない。だが今はそんな怒りに身を焦がしている暇はないのだ。

「浅尾昌巳ですが、どうもいないようですね」

黙ったまま鳴川は準規を見た。すでに警察も浅尾をマークしているということだろう。岩田に会った時から嫌な感じはしていたが、警察はこちらよりいつも先を行っている感じだ。

「浅尾が犯人やと思っとるんか」

警戒した表情を準規に送ると、彼はさあ、と笑みを浮かべた。

「それは言えませんよ、鳴川さん。ただ言えることはこの事件、単純じゃないということです。殺人犯の他にもう一人、共犯者がいます。殺人犯も共犯者も早く逮捕し、事件の真相を明らかにしたいんです」

「どういう意味や？　何が言いたい」

追及すると準規はいえいえと言葉を濁した。

「ああそうだ鳴川さん、事件が片付いたら、必ずどろ焼きを食べにいきますから」

準規はじゃあと自分の車で去っていく。鳴川はしばらく立ち尽くしていたが、やがて軽トラに乗り込んだ。

キーを回し、情けないエンジンの鼓動を聴いた。だがクラッチを離さずにそのままじっとしていた。警察は鳴川がやったことまできっと気づいている。準規も自力で気づいたのではないだろう。岩田という刑事が気づいたのだ。くそ……。

鳴川はクラッチペダルから足を離した。

そのとき、携帯が震えた。取り出すと表示は山崎になっている。ブレーキを踏むと、不安にかられて鳴川は電話に出た。通話口から慌てた声が聞こえてくる。

「すまん鳴やん、すぐに工場へ来てくれ！」

ただごとでない様子だった。鳴川はわけもわからないまま了解する。

飾磨から弓岡製鎖工業へはすぐだが、店に寄っていく暇はない。赤信号ギリギリを突っ切り弓岡製鎖工業へと向かった。山崎の様子では、事態は急変している。翔子に何かあったのか。不安を振り払いながら鳴川は軽トラを走らせる。新日鉄広畑の巨大工場から煙が上がっているのが見え、すぐに弓岡製鎖工業に着いた。

工場の門は開かれていた。中には搬入されたチェーン用丸棒が幾つも積まれており、いつもの弓岡製鎖工業に思える。だがはっきりといつもとは違う点がある。音がしない。いつもならアンカーチェーンをひきずる轟音《ごうおん》が作業場内にこだましている。だが今日はそれがない。行き交う人々もごく少数、メガネをかけたサラリーマン風の男がいる。あれがサービサーか。溶接場から翔子が拡声器で怒鳴る声も聞こえない。休日ではないのにどうしたのだろう。

事務所に行っても誰もいなかった。事務員すらどこにも姿が見えない。鳴川は管理部に行って山崎を探した。山崎はせん断実験室にいることが多いがいない。もぬけの殻のようになった工場内を鳴川は探し回った。

「山崎さん、どこにいるんですか」

塗装場の方から声が聞こえた。山崎がここやと叫んでいる。だが心なしか声には力がない。ノーサイドのホイッスルが吹かれた後のようだった。

「どないしたんです？　この工場の様子は」

その問いに山崎はふう、と息を吐いた。

「終わりや……工場は閉鎖されることになった」

「そんな、なんでや！」

鳴川の叫びに、山崎は封筒を差し出した。現金が入っている。

「これはさっき翔子ちゃんから手渡された退職金や」

言葉が出なかった。鳴川は力が抜け、声が出ない。

「オレは頑張ろうて言うたんや。けど翔子ちゃんは今やったらこの退職金で他の製鎖工場に就職できるまで凌《しの》げる言うてきかんかった。オレもそれ以上のことはようわからんのや、何とかしてやりたかったけど、もうあの子の中で何かが切れてしもうた感じやわ」

「翔子ちゃんはどこにおるんですか」

「……溶接場や」

力なく発せられた溶接場という言葉にすがるように、鳴川は塗装場を出る。溶接場に向かうと、日に焼けて理想的な身体の線をした女性が見えた。呆然《ぼうぜん》と一から四の漢数字がふられた巨大機械を見上げている。翔子だ。このプラントは一人では動かせない。当然ながら動いていない。翔子はこちらに気付いたようだが、鳴川はかける言葉が見つからなかった。

「鳴やん……」

すべてをあきらめきった表情だった。だが慰めの言葉は出ない。サービサーの言いなりになって工場をつぶしてしまうことはない……鳴川は訴えた。

だが翔子はかぶりを振った。

「みんなには申し訳ないけど、暇を出させてもらったわ」

早まったことをしたな、と鳴川は思った。真面目すぎるにも程がある。この工場は翔子の全てだったはずだ。

「わたしが結局悪いんや。わたしが世間知らずやったから。こうなって当然やったんや」

「……翔子ちゃん」

「心配いらんよ、跡は濁さへんから」

自虐的な物言いだった。いけないと思い、鳴川は声をかけた。

「何であきらめるんや？　君には夢があったやろ？　この工場を日本一の製鎖工場にする。そう思って頑張ってきたんやないか。こんなことで夢を捨てるんか」

翔子は大きく首を横に振った。

「わたしは結局お父さんの遺産でここまですべてやってきたんや。自分でも背伸びしながらやってるって薄々わかりながら」

鳴川はしばらく押し黙った。いつもは鉄橋の下のような轟音の響く製鎖工場には、何も音がなかった。翔子は泣いている。その綺麗《きれい》な顔が涙で濡《ぬ》れていた。

「翔子ちゃん、浅尾はどうしたんや？」

その問いは少し意外だったようで、翔子はしばらく言いよどんでいた。鳴川はもう一度浅尾について問いを重ねた。

「あいつにも退職金渡したんやろ？　何か言うてへんかったんか」

「浅尾さんはどうしても退職金を受け取らへんかった。わたしが受け取って欲しいとどんなに頼んでも……工場、絶対にこのまま終わらさへんって」

鳴川は口を閉ざした。翔子の口を通じてではあるが、浅尾の決意が伝わってくるようだ。浅尾……やはりお前なのか。お前は翔子を想うあまりに殺人を犯した。しかもこの口ぶりではまだ何かをやるつもりなのだろうか。

「翔子ちゃん、困った時は何でも言って欲しい」

それが鳴川にかけることの出来た精一杯の言葉だった。翔子は静かにうんとだけ言った。作業場に翔子を残して鳴川は静かに歩く。だが溶接場を出ていく前に後ろから声がかかった。

「鳴やん……おおきに」

鳴川は一度だけうなずくと、何も言わずに溶接場を出る。自分は何を期待していたのだろう。引き返して彼女を抱きしめたい想いがあったができない。情けない男だ。

軽トラを停めた門のところまで来た。門の前では夏の間咲き誇っていた大輪のひまわりが、力なく頭を垂れていた。

鳴川は軽トラに乗った。車のハンドルに顔を押し当てて、鳴川はそのままじっとしていた。浅尾のこと、サービサーのこと、全てが重くのしかかってくる。諦《あきら》めるな、考えろ、アホな頭でもええから考えろ……何とか自分を奮い立たせる。だがいい案は浮かばず、やがてゆっくりと顔を上げた。夕日が差し込んで眩《まぶ》しい。その夕日が雲間に隠れたとき、浅尾の日に焼けた顔が不意にふっと浮かんだ。

4

利庵に戻ると、店の前には萌が待っていた。

今日はまだ店は開けていないが、どうしたのだろう。降りようと軽トラのドアを開けた瞬間、萌は助手席に勝手に乗り込んできた。少し頰が赤い気がしたがどうしたのだろう。


「鳴やん、姫路駅まで行ってや」

「どうしたんや？　何の用があるんや」

萌はええからと言った。鳴川はよくわからないまま、軽トラを出した。

姫路の街は、いつもより客が多い。灘《なだ》のけんか祭りに行く人々だろう。明日は鳴川も無理をして出るつもりだった。だがこんな心境では厳しいだろう。赤信号で止められたとき、やっと萌は口を開いた。

「鳴やん、しらさぎＢＡＮＫって知っとる？」

知っている。小寺沢という胡散《うさん》臭げな男が理事長をしているＮＰＯ法人だ。連帯保証人なしで融資するというかわった事業をやっている。一ヶ月ほど前、融資を申し込んだが断られた。なんだかんだと理由をつけられ、けむにまかれた。

「あそこはあかんわ、理想を掲げとるくせに結局大金は貸さへん」

姫路駅周辺はやはりいつもより観光客の数が多い。モノレールの遺構を横目にやがて軽トラはしらさぎＢＡＮＫのある建物に着いた。二人はすぐにエレベーターに乗り込んで三階に向かう。事務室に入ると、邪魔するでと萌はズカズカ入っていった。女性社員は鳴川の顔を見て目を丸くした。ここで騒いだことを思い出したようだ。何も言わずに理事長室に駆け込んで行く。

「何や、愛想悪いな」

やがて小寺沢《こてらさわ》がやってきた。相変わらず胡散臭いあごヒゲを生やしている。鳴川を見るなり、ため息をついた。やはりダメだと思いつつも、連帯保証の額が三分の一に減らされたと説明したが、小寺沢の反応は鈍い。

「前と同じですね、彼女はあれから何度も融資を頼みに来ています。でも残念だけど何度来ても同じですよ。もうあの子は駄目でしょうね、可哀想ですが」

小寺沢は背を向けた。窓の外を見ている。鳴川はつられて窓の外を見た。外ではけんか祭りの準備に向かう人々が通り過ぎていく。褌《ふんどし》姿の人もいた。

「小寺沢さん、あんた、何で金貸さへんのや」

萌は小寺沢の背に声をかけた。強い調子に鳴川は萌の方を向く。

「あんた、昔は街金やっとったあくどい金貸しなんやってな」

怒気が込められていた。そんな萌の態度に鳴川は驚いた。小寺沢がかつて消費者金融をやっていたことは事実だ。だが今は違う。そういう事業から足を洗い、連帯保証人なしの融資をやっている。どうして萌はこんなに挑発的なことを言うのか。

「ウチのお父ちゃんが言うとったわ。あんたは金策に困りに困って借りに行っても貸してくれへんって。あんたは覚えてへんかもしれへんけど、お父ちゃんもここへ来たことがあるんや。あんたはようおる街金みたいに高利で貸すことはせえへんけど、よっぽどやないと貸さへんのやろ？　翔子さんなんかほとんど落ち度ないのになんで貸したらへんのや」

小寺沢はやがて振り返ると薄く笑った。

「沈むとわかっている泥船に乗るのは、馬鹿のやることですよ」

鳴川は言葉を発しなかったが、内心では怒りが起こっていた。偽善者という言葉しか浮かばない。少しはこいつにも理想はあるのかもしれない。だがこれが小寺沢の本性なのだろう。

「わたしは他の街金のように高利で貸し付けたり、ソフト闇金のように優しい言葉で騙《だま》して、他業者を紹介したりはしていない。回収できるから貸す。回収できない者には貸さない。当時のあなたのお父さんはどうだったのか考えてみることだ」

萌は黙っていた。ただ怒りを必死で抑えていることは分かった。

「だいたい多くの債務者、連帯保証人は弱者ですかな。弱者の振りをして貸し手をいじめているんじゃないんですか。さも自分は弱者だという顔で弁護士に泣きつき、裏で隠してあった別荘に行き外車を乗り回している。わたしはそういう債務者、連帯保証人をあまりにも多く見てきましてね。債権者と債務者、どっちが弱者ですか」

その言葉は、鳴川の中にすっと入った。それはまさに石井だ。奴の生活はどう見ても破産した人間、弱者のそれとはほど遠かった。きっと奴だけが例外ではないのだ。むしろ翔子のような真面目な連帯保証人こそ例外かもしれない。

お引き取りくださいと言うと、小寺沢は再び背を向けた。その背に萌が叫んだ。

「ちょい待ち！　それやったらあんた、翔子さん見捨てる気か」

小寺沢の背に萌は言葉を続けた。

「あんた薄情やな……そりゃ連帯保証人の中には悪い人もおるてウチも思う。けど、あの別嬪《べっぴん》さんはほとんど責任ないやん。そんなに連帯保証人は責められやなあかんのか。ちゃんと審査できへんアホな貸し手がいかんのやろ！」

「それで何が言いたいわけですか」

無言だった小寺沢は、やっと振り返った。

萌は感情を爆発させながら小寺沢をなじった。

「あんたのやっとることを否定しとんのや！　何が連帯保証人を取らへん銀行や。貸し渋りまくっとるやんか……そんなもん偽善もええとこや、ドケチのくせに」

「ガキのくせにえらそうに。お前に金融の何がわかる？」

小寺沢は鬼の形相だった。口調が変わっていた。

「苦労もせずに調子にのんなや、ガキが！」

言い残すと、小寺沢は奥の部屋に引っ込んで行った。怒鳴られた萌は虚《うつ》ろな目で腰が抜けたようにへたり込んだ。

しばらく経ってから鳴川は萌に近づくと、起こしてやった。

「もうええやろ？　行こう……どうせあかんかったんや」

二人はしらさぎＢＡＮＫを出ると、近くのレストランで食事をとった。

鳴川のおごりだ。だが萌はほとんど箸をつけなかった。帰りの軽トラの中でも、萌は一言も口をきかず、暗くなった窓の外をじっと眺めていた。泣いていたのかもしれない。明るく振る舞っているが、この萌も父親が苦労していたようだ。中小企業の社長はこの不況下、大変に違いない。だからこそ翔子にも同情できるのだろう。

「明日のけんか祭り、俺も参加するんや」

鳴川は関係のない話をした。だが萌は無反応だ。捨てられていた子猫がもらわれてあと一匹になったと言っても反応はない。駄目だ……弓岡製鎖工業やさっきのことから目を背けていてはいけない。

小寺沢は普段はいい人なのかもしれない。茉莉花が連帯保証人なしで金を借りられたことは確かだ。だがいざ大金の融資を求められるとあんな態度に出る。思いは分かる。もたれ合いをしている甘えた関係ではみんな共倒れだというのだろう。だが今回の翔子は甘えだろうか？　そうではない。ほとんど責められるべき点はないのだ。小寺沢は連帯保証人制度が悪だと言った。それならそれに苦しむ人間を救ってやってもいいではないか。

――あかんな……小寺沢を責めとっては。

「萌、行こか……無理に食べる必要はないわ。俺が払うとくよって」

レストランを出るとしばらく進んだ。やがて夢前川駅が見えてきた。時刻はすでに午後九時を過ぎた。駅前で軽トラを停める。萌は助手席のドアを開けたが、出ていこうとしなかった。鳴やんと小さく言った。

「なあ、鳴やん……連帯保証人制度って、何で民法九十条違反やないんやろな？」

わずかばかりの沈黙の後、萌はぽつりとそう言った。連帯保証人は分かっていながらハンをついたのだから責められて当然だ、とよく言われる。だが全てが契約で片付くわけではない。民法九十条に「公の秩序又は善良な風俗に反する事項を目的とする法律行為は、無効とす」という規定がある。たとえ分かっていながら契約しようが、異常な契約は無効になるという規定だ。

人を殺す契約とか、トイチの暴利などがそれだ。連帯保証人制度は保証人にリスクだけがあって、リターンがない。善意によってだけ存在しているのに危険性が破滅するほどに高い。こんなものはおかしい。どう考えても狂ったおかしな契約だろ？　そう言いたいのだ。こういう理屈は後で知った。法テラスで弁護士が言っていたからだ。

鳴川が黙っていると、萌はまるで違うことを言い出した。

「お父ちゃんと喧嘩《けんか》してしもうたんや。今日は帰れへん、泊めて」

「おいおい帰れるやろ？　冗談はやめてくれや」

萌はしゃがみ込んで駄々っ子のように吠《ほ》えた。

「いやや、捨てんといて！　ウチほんま、こんなに好っきゃねんで！」

大声に近くにいた数人が振り返った。ニヤニヤとこっちを見ている。軽トラのドアは開いたままだ。萌は狡猾《こうかつ》にも叫びながら笑みを見せていた。

「頭痛いねん。治るまででええわ、まずい思うたら鳴やん外に出といて」

小声でそう言われ、二人は近くにある利庵に向かった。萌はふらふらだった。せがまれておぶってやると、鳴川は自宅の二階に運んだ。仏壇のある部屋だ。萌はおとなしい。額に手を当ててると熱があるようだった。鳴川は氷で頭を冷やしてやると、待っててくれと言った。

「クスリ買ってくるわ、十時前や。まだ開いとるはず」

「あんた、優しいんやなあ」

萌らしくない、元気のない声だった。だがその瞳《ひとみ》は潤んでいる。化粧ははげ落ち、白く若い肌が熱で少し朱に染まっている。特徴のある口元も、小さく細い体も、それまで何も思わなかったが魅力的に見えた。俺は何を考えている？　変な間があいた。おかしなことを考えたことを悟られないように鳴川は背を向けた。

「ウチ、年の差とか気にせえへんよ」

それまでとはうって変わった、女性らしい優しげな声だった。

「熱で弱っとる、今がチャンスやで」

萌はこっちをじっと見ながら、招き猫の様なポーズをしていた。

「淋《さび》しいアラフォー男をからかわんときや」

鳴川は外に出た。

ドラッグストアは閉まる寸前だったが間にあった。買い物を終えた鳴川は、すぐに店に戻った。二階には萌がだらしない格好でベッドに横たわっていた。スカートも脱ぎ捨てている。人に見られたら確実に誤解される状況だ。萌は頭に氷を当てて動かない。薄い胸板だが膨らみは感じられ、規則的に動いていた。呼吸しているのがわかる。眠っているのだろうか。

「クスリ買って来たが、もうええか」

テーブルの上にクスリを置いた。眠ったか……そうつぶやく。となりの部屋に着替えに行こうとすると、背後から声がかかった。

「鳴やん、あんた翔子さんのこと好きなんやろ」

「……………」

「わかるわあ、別嬪さんやし。そやからこんなチャンスでも何もできひんのや……あのな、石井の家へ行ったとき、ウチ利庵の軽トラの中見たんや。そしたら助手席に古いテープが置いてあった。『もうひとつの土曜日』や。この曲、ウチのお父ちゃん大好きやねん。ウチのお父ちゃんもお母ちゃんのこと、ずっと好きやったんやって。ウチが生まれる前の曲やけど、今でもお父ちゃんよう聴いとる。こんな古いテープ持っとるいうんは、鳴やんは当時からずっと変わってへんのやろ？　十何年も翔子さんのこと好きなんや」

鳴川はため息をついた。根拠は脆弱《ぜいじゃく》だが推理はズバリだ。

「まあ、でもあれや……鳴やん、おおきに」

鳴川はああと軽くうなずいただけで再び背を向けた。

「そうや、忘れとったわ。さっきそこの携帯に電話あったで」

テーブルの上には鳴川の携帯がある。置いたままドラッグストアに行っていた。誰だろう？　翔子だろうか。

「男の人からや。ウチ鳴やんの恋人や言うて勝手にでたったよって」

「なんじゃそりゃ。まあええわ、わかった」

鳴川は携帯の着信履歴を見た。登録されていない番号が表示されている。誰だろうか。わからないが鳴川はさっそくかけてみた。相手はすぐに出た。

「すんません、電話もろうたようですが、何の御用でしょうか」

丁寧に言ったが、相手は反応しない。鳴川はもう一度同じことを繰り返した。また反応はない。切ろうかと思ったが、軽く咳《せき》ばらいが聞こえた。相手はようやく言葉を発した。

「……お前には守れないようだな」

つぶやくような男の声だ。意味がわからない。ただ得体の知れない恐怖がせりあがってくる。萌は眠っているように見えたが、こちらを見た。鳴川はその光る瞳から目を逸らした。

「すんません、どういうことやろか」

問いかけるが、男は何も言わなかった。鳴川が同じ問いを重ねようとした時、男は口を開いた。

「鳴川、お前に翔子は守れない。だが俺は違うぞ」

押し殺したような声だった。その時思った。こいつは……。

「浅尾か……お前、浅尾なんやろ」

問いに男は答えず、逆に質問をしてきた。

「鳴川、お前明日、時間あるか」

問いに鳴川は言いよどむ。どういうことだ？　俺に会いたいということなのだろうか。浅尾という言葉に反応したのか、萌も布団から起きてきていた。

「俺はかまわへん。どうする気や」

男は問いに答えず、少し間を空けていた。わざとなのか、何かを考えているのかわからない。鳴川も何も言わず、返答を待った。男は三十秒ほどしてから言った。

「明日十四時、白浜の宮駅近くのレストランに来い。渡したい物がある」

「渡したい物……何やそれは？　一人で来いっちゅうんか」

だが問いに答えはなく、通話は切れていた。

「今年はけんか祭り、参加できひんようになってしもうたわ」

熱で顔を赤らめる萌に言うと、鳴川は静かに携帯を置いた。

第四章　喧　騒

1

取調室にいるその女性は、ひどく疲れて見えた。

日に焼けた肌に対し、わずかにのぞく胸元は白い。細く美しい体の線に整った顔立ちは、きっと男どもを引きつけてやまないだろう。だが準規《じゅんき》には彼女は憔悴というか、すべてを諦《あきら》めきった表情に見えた。言い替えるなら罪を認めてスッキリした殺人犯の顔だ。

やがて岩田《いわた》が真剣な顔でやってきた。

「どうしたんですか？　班長」

問いかけに、岩田は答えた。

「彼女の会社、つぶれる寸前やそうや」

そうなんですかと準規は応じた。岩田の話によると彼女の会社はサービサーに土地を取り上げられ、経営不能になったそうだ。

岩田は弓岡《ゆみおか》製鎖工業関係者に犯人を絞り込んでいる。スタッドによる打撲痕《こん》、使用された手袋やシューズが弓岡製鎖工業で使用されている物であったこと、そして弓岡翔子《しょうこ》が長山《ながやま》に多額の連帯保証債務返済を迫られていた事実……これらを付き合わせれば当然だろう。弓岡製鎖工業、いや弓岡翔子の負った連帯保証債務が事件の中枢にある。

確かにこの弓岡翔子は実行犯ではない。いくら製鎖工場で鍛えていても、彼女の細い腕であの巨体を運べるとは思えない。また彼女のアリバイは完璧《かんぺき》だ。死亡推定時刻に姫《ひめ》路《じ》駅で彼女を見たという複数の証言の裏は取れている。ただ彼女が殺人を誰かに依頼したという線が残っている。

弓岡製鎖工業関係者については徹底的に調べ上げた。その全員の足取りを事細かに追った。そして二十一名の作業員の中から浮かんできたのが浅尾《あさお》昌巳《まさみ》だ。十五年以上勤務するベテラン作業員。誰よりも製鎖工場については熟知している。他の作業員とは違ってアリバイも皆無だ。ただし浅尾とは数日前から連絡が付かない。

少なくとも浅尾は何かしら事件に絡んでいるはずだ。後はこの翔子と浅尾がどれほどの意思の連絡があったか、共謀の程度を確認する作業がある。女性を取り調べる際には女性警察官がつくことになっている。翔子とは彼女がしばらく話していたが、やがて岩田が口を開いた。

「お待たせしてすみませんね、弓岡さん」

笑顔を絡ませながら丁寧に言うと、翔子は黙って頭を下げた。

質問のポイントになるのはやはり浅尾の行方だ。ただ翔子はこれまでと変わらない回答をよこした。一言で言えば知らないという一点張り。こんなところから突破はできそうにない。

しばらくして岩田による取り調べは終わった。これといって進展のない取り調べだったように思う。

――たぶんこの事件、簡単にはいかへん。

岩田が最初、事件現場で言った言葉が浮かんだ。確かにそうだ。答えは見えかかっているのにどこかで歯車が合わない。普通に考えればこうだろう。長山に多額の連帯保証債務を負う翔子が、浅尾に依頼して殺させた。ただ計算外だったのは何者かが遺体を移動させたことだ。準規には少し前までこの後半部分も見えていなかった。ここまで来たのは岩田のおかげだ。

「前半も……違うかもしれない」

準規は親指の爪を噛《か》みながらつぶやいた。そうかもしれない。あの翔子の反応に嘘がないとするならば、浅尾は単独犯だ。そして意思の疎通のない誰かが遺体を移動させた。本来なら海にでも沈める予定だったのに、その第三者の出現によって予定が狂ったのかもしれない。兄貴のときもそうだった。遺体が発見されなければ、殺されている可能性が高くても警察はそれほど必死に捜さない。浅尾はきっと長山を失踪《しっそう》したことにしたかったのだ。それに考えてみれば遺体を被害者の家に運び込むなど計画的殺人者のやることではない。第三者が勝手にやったのだ。きっと浅尾はその第三者に対し、余計なことをしやがってと腹立たしく思っているだろう。

だがこうも言える。きっとそいつも浅尾も、翔子のためを思ってこんなことをした。

翔子を助けたい一心で行動している。この二人は協力できる。いや必然的に協力しあう関係なのだ。誰だ？　自分はこいつに出会っているか。今まで出会った中でそこまで翔子のことを考え、必死になり、物理的にも長山を運ぶことができる人物……その時、準規のなかに一人の人物が浮かんだ。情と理がちょうど交錯し、たった一人の人物の姿が鮮明に形を成していった。

——彼しかいない。遺体移動の犯人は鳴川仁《なるかわじん》だ。

岩田は調べることがあるようで姿が見えない。準規は一人で車に乗り込み、利庵《りあん》へ向けてアクセルペダルを踏み込んだ。間違いない。鳴川は共犯者だ。意思疎通がなく、勝手に共犯者が犯罪に加担する——正確にはこういう共犯を片面的従犯という。おそらくは翔子を思っての行動、形式的に死体遺棄罪にはなっても、実刑はない程度の罪だ。

鳴川は十四年前、兄貴に金を貸している。兄貴は雑な性格、だらしない男だった。三十三万円と少額だが、あんな兄貴に貸すなど馬鹿だ。だがそれは裏を返せばこの人がそれだけいい人だということだ。情の塊……鳴川はそういう人間、おそらくは浅尾もそうだ、殺人を犯した浅尾はともかく、鳴川を逮捕することは気がひける。兄貴のこともあるが、今回も翔子を助けたい一心の犯行なのだろう。ただそれでも犯罪には違いない。

——だが待て……行ってどうする？

走っている最中、そういう思考がブレーキをかけた。興奮が少しずつ冷めていく。

鳴川にあんたは共犯者だと言うのはたやすい。それに動揺して真実を語る可能性もあろう。だがそうならない可能性のほうが高い。きっと鳴川は逮捕されても翔子をかばう。鳴川から真実へはたどり着けない。それならこんな微罪でひっぱるより、泳がせておいた方がいい……そうか、岩田はずっと前にこういうところまで来ていたんだ。鳴川が共犯だと知りながら、あえて動かなかった。情を解する推理とはただ単に加害者に甘くするというものではない。どうすればより真実にたどりつけるかを徹底的に考えていくものなのだ。なるほど、やっとわかりはじめて来た。

信号で止まり、行き交う人を眺めた。今日は交通規制が厳しい。灘《なだ》のけんか祭りだ。そういえば子供のころ、兄貴はこの祭りに参加していた。鉢巻をして褌《ふんどし》姿で。大人になってからもそうで、兄貴は祭りや派手なことが好きだった。準規にも参加しろと言ってきたが拒んだ。どうしてもこういうのは好きになれない。

夢前川《ゆめさきがわ》を渡ると、すぐに利庵が見えてきた。店の駐車場に停車させると、準規は店の前に立つ。郵便ポストの横に準備中の札がかかっている。ただ中に客がいるように見えた。前に鳴川に言われた。営業時間外に来て欲しいと。まあいい。客がいようが準備中の札がかかっている以上、営業時間外だ。

「いらっしゃい!」

元気のいい声が聞こえた。ただそれは鳴川のものではない。若い娘のものだ。店には店員以外にカバを連想させる中年男性がいた。店員と親しげに話している。

「ごめん、お父ちゃん客来たわ」

「一人で接客できるんか」

よくわからない会話を交わしている。親子のようだ。準規は男性客を一度だけ見た。どこかで見た気がするが、思い出せなかった。

「鳴川さん、いるかい？」

女性店員に声をかけると、店員は無言でかぶりを振った。こちらを見ながら、どういうわけかおどおどしている。アヒルのような口元をした小柄な店員だ。

「いない？　どこへ行ったんだ」

問いかけながらも準規は決めかねていた。鳴川に会ってどうするというのか。あんたは共犯だ、本当のことをしゃべれと脅しても意味はない。ただ浅尾と鳴川が接近する可能性は十分にある。準規の推理が正しければ、浅尾は鳴川が遺体を移動させたことを知っている。余計なことをしやがってと思いつつ、志は同じはずだ。二人で何かをするつもりかもしれない。

「鳴川さんがいないなら、誰が料理を作っているんだ」

「ウ、ウチやけど文句ある？　修業したよってちゃんと作れんねんで」

鳴川がいないというのはどうやら本当のことのようだ。だが客はいる。店を放り出して鳴川はどこへ行ったというんだろう？　まさか、浅尾に会いに行ったというのか。

「どこへ行った？　重要なことなんだ。正直に答えて欲しい」

近づいて女性店員の目をじっと見つめた。真剣な準規に店員は言い淀《よど》んでいた。準規はもう一度ヵバに似た五十歳くらいの客を見る。枝豆を夢中で頬張っていた。皮が皿の上に大量に載っていて、床に幾つか落ちている。準規は店員を店の端に追いやり、警察手帳を見せた。刑事であると明かしたせいか店員は少し怯《おび》えているようだ。準規は客に聞こえないように話しかけた。

「俺は姫路《ひめじ》署の者だ。頼むから教えてほしい。鳴川さんは何処に行った？」

「ウチ知らん……ようわからへん」

店員は横を向きながらそう答えた。だが彼女は何かを隠している。そのことははっきりとわかる。準規は揺さぶりをかけるべきだと思った。

「浅尾に会いに行ったんじゃないのか」

熱いやかんに触れたように店員はビクンとなった。この反応ならこの店員は鳴川が何処へ行ったかを知っている。

「心配しなくてもいいよ、こちらはだいたいつかんでいるんだから。君が行き先を言ったとは鳴川さんには決して言わない。それにこれは鳴川さんのためでもある。浅尾に協力すれば、あの人は罪に問われる。彼はいい人だ。罪に問いたくない」

店員は床を見つめていた。考えている様子だ。

「俺の兄貴は鳴川さんに迷惑をかけた。だから俺はあの人に負い目がある。刑事だからとかでなく、本心で言っている。鳴川さんを助けてやりたいんだ。君もそうだろう」

最後の一押しに、しばらくしてから彼女はようやく言葉を発した。

「午後二時に、白浜《しらはま》の宮《みや》駅前レストランや」

「わかった、ありがとう！」

準規は利庵を飛び出すと、車に乗り込んだ。


目的地は近い。だが交通規制に阻まれて、思ったように進めなかった。

ここ白浜の宮は灘のけんか祭りが行われる中心だ。この時間、この場所を選んだということは浅尾はおそらく、いざとなれば人ごみに紛れて逃げるつもりだろう。

準規は目的地へと急いだ。だが混雑は全く解消されない。

時計を見るともうすぐ予定時刻だ。このままでは間に合わない。準規は車を迂回《うかい》させてパーキングに停めると、そこから走った。ヨーイヤサーという掛け声が聞こえる。褌姿の若者がけんか祭りの喧騒《けんそう》の中、ヤッサを練り歩いている。神輿《みこし》が激しくぶつかり合っていて、そのたびごとに喚声が上がっていた。

「すみません、ちょっと通して下さい」

多くの観光客を掻《か》き分けながら準規は走った。邪魔やと怒鳴られもしたが気にならない。何度も時計を見て、次第にその間隔が短くなった。間に合うか……約束の時刻にきっちり会うわけではないだろう。早くなることもある。急がなければいけない。準規は息を切らせながら走った。

あそこか、よし！　ようやく目的のレストランが見えてきた。時間までもう少し。何とか間に合った。息を整えながら準規はレストランの外から中をうかがった。昼のピークは過ぎているが、近くで祭りがあるためだろう。多くの客で席は埋まっている。

すぐ近くに浅尾がいる可能性は高い。こちらが刑事だとバレてはいけない。浅尾はともかく、鳴川には顔を知られている。慎重にやらないと……準規は客を装って中に入った。目立たない喫煙席に座ると、メニューを見るふりをしながら客席を観察した。すぐに観葉植物が置かれた横の席に鳴川を見つけた。その禁煙席で一人、アイスティーをストローですすっている。まだ浅尾の姿はないようだ。

準規はしばらく待った。すると若者が二人、レストランに入って来た。上半身裸で、鍛えた腹筋を得意気に見せびらかしている。二十代前半くらいだろうか。祭りに参加していたのか、汗がにじんでいる。大声でしゃべっていた。

若者二人が話しているのを準規はしばらく黙って聞いた。

片方の若者が水をこぼした直後、鳴川は携帯を取り出した。隠れるように小声で通話している。通話を終えても鳴川は立ち去らなかった。深呼吸し、これからの勝負に備えているようにすら見える。鳴川の緊張感は準規にも伝わった。手が汗ばんでいる。気負っている。だがこれくらいでちょうどいい。共犯者の鳴川はいつでも確保できるが目的はお前だ。こい浅尾、今からお前を確保する。そしてこの事件を終わらせてやる。

2

白浜の宮駅前にあるレストラン。鳴川は観葉植物の横の席に座っていた。

昨日の電話で言われた時刻、約束通り鳴川はそこで待った。ついて行くとうるさく言った萌《もえ》を説得し、留守番を頼んだ。

やがて約束の時刻になった。まだ浅尾は現れない。ちらちらと窓の外を見ているが浅尾らしき人物はいない。しばらくして若者が二人やって来た。注文すると、片方の若者はコップの水をこぼした。

その直後だった。持ってきた携帯が震えた。表示は知らない番号だ。鳴川は通話ボタンを押すと、迷惑にならないよう小声でもしもしと言った。やがて押し殺したような声が聞こえた。

「鳴川……もうレストランに着いたか」

問いかけに、鳴川は小さくああと応じた。

「五分で行く」

「そうか、わかった。レストランの中、観葉植物横の禁煙席や」

そっけなくそうかと言う声が聞こえた。それだけの通話だった。もうすぐ奴が来る。鳴川は大きく息を吐き出してから一度アイスティーをストローですすった。

入ってきた二人の若者は騒いでいた。呼び出しボタンを二十回くらい高速で押している。横に座っている老人が迷惑そうに見ていたがおかまいなしだ。昼間からビールを飲んでいる。鳴川は浅尾の言っていたことを思い出す。渡したい物がある……何のことだ？　まあ考えても意味はない。すぐにわかるのだから。

それから十分ほど経ったが、浅尾は現れなかった。

鳴川は何度も窓の外を見た。観光客や祭りの参加者がぞろぞろと歩いている。こちらのいる正確な位置は伝えてあるのだし、わからないはずはない。どうしたのだろうか。

そう思っていると、ふたたび携帯が震えた。

「どうした？　もう来とるんか」

鳴川は小声で問いかけた。だが浅尾は沈黙している。どうしたというのだろう？

「おい、どうした？　何か言え」

「近くに刑事らしき奴がいる」

鳴川はレストラン内を見渡した。ただ多くの客がいるのと、慌てているせいでよくわからなかった。

「鳴川、お前……警察に言ったのか」

「違う、俺は言うとらん」

鳴川は弁解する。少し大声になった。それを聞いてさっきの若者二人が近づいてきた。

「おい、こんなとこで電話すんなや、マナー違反や」

「常識ないんか、みんな迷惑してんねんで」

二人はこちらを睨《にら》んでいた。こんなところで揉《も》め事《ごと》はごめんだ。すぐにかけ直すと言うと、仕方なく鳴川は席を立った。勘定の書かれた紙をレジに持って行き、精算すると一度外に出た。

それにしても刑事がいるとはどういうことだろう。まさか尾行されていたのか。そういえばこの間も準規に会った。気づかなかったが、見張られているのかもしれない。鳴川は外に出ると、レストランの周りを見渡す。浅尾は近くにいるはずだ。どこにいるのかわからない。鳴川は浅尾に電話をかけた。だが混線しているようでつながらない。

――くそ、場所を変えやなあかんか。

鳴川は人の少ない方へ歩く。鉢巻に褌《ふんどし》姿の男たちが数名、広い道路を笑いながら歩いていた。異様な光景だが、気にせずに鳴川は駅前から電話をかけた。だがまだつながらない。人だかりとヨーイヤサーという掛け声が聞こえてきた。人だかりの向こうには褌姿の男たちが乱舞している。ピーヒャラと横笛を吹いている人の姿もあった。掛け声の中、ヤッサが練られていく。

「ヨーイヤサー、ヨーイヤサー！」

その掛け声から逃げるように、鳴川は一度レストランに戻ろうとした。だがその時、携帯が鳴った。掛け声と見物客の声援の混じった喧騒の中、鳴川は口を開いた。

「さっきは悪かった。だが刑事については俺は知らん、ホンマや」

「そんなことはいい。気にするな」

掛け声がやかましい中、鳴川は神輿に背を向けた。口を開くことなく、奴の言葉を待った。この人ごみの中、近くに奴はいる。鳴川は携帯を耳元に当てたまま、辺りを見て回った。浅尾がいるとしたら通話しているはず。スマホで写真や動画を撮っている連中は多い。だが通話している人間は少なく、見た限りでは全員が女だ。ヨーイヤサーの掛け声の中、鳴川は必死で浅尾を捜した。どこだ？　わからない。

「どこにおる？　姿を見せてくれ」

鳴川は大声で叫んだ。だがけんか祭りの喧騒にはばまれてどこまで届いただろうか。通話口からは静かな声が聞こえた。

「けんか祭りか……いい祭りだよな、鳴川」

「そんなことはええ、顔を見せたらどうや？　俺に渡したいものって何やねん」

掛け声だけでなく、神輿がぶつかり合うたびに観客からは声援が起こった。ただ少し遠くに行ったために通話口からの声は聞き取りやすくなっていた。

「社長室以来だな、鳴川」

鳴川は息を呑んだ。社長室という言葉は長山の遺体があった場所を意味する。やはりこいつはあの時、社長室にいたのだ。そして鳴川が遺体を移動させるのを見ていた。それ以外に説明が付かない。

「すべてはお前の計画だったんやな？　翔子ちゃんを姫路駅に呼び出したのはアリバイをつくらせ、疑わせないようにするためや。絞め殺すという手段を使ったのもそう。女性の犯行に見せてはあかんよって。ただどうやって長山を呼び出したんや」

鳴川の問いに、即答が返ってきた。

「長山の家には簡単に侵入できない。だから呼び出す必要があった。方法は簡単だ。翔子の名前でメールを打ったんだよ、社長室に来いって。長山はスケベ根性丸出しでのこのこやってきたってわけだ。そして計画通り殺した。ただ鳴川お前、余計なことをしたな……長山の遺体を動かすなんて。自宅に運べば警察に調べられてしまうだろ？　俺はコンクリートに固めて播磨灘《はりまなだ》に沈める計画だった。遺体が見つからなければ捜査は緩くなるからな」

鳴川は思わずすまんと謝った。言われてみればその通り。焦っていたのもあるが、自分にはそんな程度さえ頭が回転しない。

ただ鳴川はこのとき初めて違和感を覚えた。確かに浅尾は無口でほとんど喋《しゃべ》らない。だがこんな声だっただろうか。口調も違う。今までは短い言葉だったのでわからなかったが、こうして長めのセリフを聞くとおかしく感じる。

「とりあえず今は刑事がいる以上、ここでの受け渡しは中止だ。また連絡する」

通話口からはふうという息が漏れ、すぐに通話は切れた。鳴川が顔を上げると、近くを神輿《みこし》が通り過ぎていった。けんか祭りの喧騒《けんそう》はまだ続いていたが、どこか隣町の出来事のように遠ざかってしまった。

帰りの山陽《さんよう》電鉄の中、鳴川は疲れきったように電車のドアにもたれていた。時間としては短かったが、疲労はかなりのものだ。横では観光客と、祭りの参加者が賑《にぎ》やかに話している。だが内容は頭に入らない。考えているのは浅尾のことだ。今の通話で奴は犯行を認めた。ただきっき奴が言った中で、一番頭に残っている言葉は違っている。

——余計なことをしたな……長山の遺体を動かすなんて。

奴の言うとおりかもしれない。鳴川が長山の遺体を動かさなければ、殺人は発覚しなかったのだろう。今頃、弓岡製鎖工業はアンカーチェーンを造り続けていたかもしれない。翔子は元気に拡声器で怒鳴っていただろう。自分は翔子を助けるどころか、余計なことをしてしまった。浅尾の足を引っ張ってしまった。ただ後悔しても仕方ない。奴からの連絡を待とう。

やがて電車は夢前川に着いた。鳴川は改札を出るとゆっくりと歩いて利庵に向かった。まだ暗くはなっていない。ただいまと言いながら、準備中の札はそのままに中に入った。暗い店内には誰もいない。そう思ったとき、うなだれながら椅子に座っている娘を見つけた。萌が黙ってそこにいた。眠っているのかと思ったが、そうではない。萌らしくなくふさぎこんでいた。

「どうしたんや？　また熱がぶり返したんか」

声をかけるが、萌は虚《うつ》ろな顔をこちらに向けた。だが言葉は出てこない。代わりに鳴川はさっきあったことを説明した。浅尾と会えなかったこと、また連絡すると言われたこと……萌は聞き終わると、突然床に頭をつけた。ごめんと言って謝罪する。鳴川は面食らった。

「ウチのせいや。警察がやって来て、ウチ思わず今日のこと言うてしもたんや」

鳴川はもう少し萌から事情を聞いた。萌の話では準規が来て強く萌に迫ったという。協力すると言っておきながらあいつ……鳴川は歯嚙《はが》みした。

「気にすんなや。それより店を開ける準備しょうや」

明るく言うと、萌はやっと元気の良い返事をした。

その瞬間、店の電話が鳴った。鳴川はとろうとしたが、萌が受話器を奪った。

「はい、居酒屋利庵ですが」

必要以上に元気のいい声だ。立ち直りをアピールするためか、萌は笑みをこちらに見せた。だがその笑みはすぐに引っ込んだ。

「どないしたんや？　俺にか」

問いに無言でうなずくと、萌はこちらに受話器を渡した。

「もしもし、鳴川ですが」

萌の表情から予感はあった。そして予想は当たっていた。受話器の向こうから聞こえてくる声は、ついさっきけんか祭りの喧噪《けんそう》の中で聞いたものと同じだ。

「鳴川、受け取ってくれたか」

けた。


「受け取る……何のことや」

「まだのようだな。お前の店のポストに入れてある」

鳴川は受話器を置くと、玄関へ走り、準備中の札の横にある郵便受けを開けた。そこには手提げ袋が入っていた。差出人の名前はない。重みもそれほどない。鳴川は袋を開けた。

「一体何が入っとるんや」

萌がのぞきこんでくる。鳴川は黙り込んでいた。出てきたのはドライフラワーの首飾りだった。白くて中央が黄色い。マーガレットに似ているが、これは野路菊を編みこんで作った首飾りだ。どうしてこんなものを届けたのだろう？　意味がわからない。鳴川はしばらく呆然《ぼうぜん》としていたが、やがてまだ袋にはなにかが入っていることに気づいた。封筒だ。封はされておらず中を開けた。

「これ……ピン札？　綺麗《きれい》な顔した諭吉《ゆきち》さんや」

萌のつぶやきが聞こえた。そんなことは見ればわかる。一万円の束だ。何枚あるのかはっきりとはしないが、おそらくは二、三十枚ほどだ。何だこの金は……萌が乱暴に金をふんだくったためにバラバラと畳に一万円札が撒《ま》かれた。

「受け取ってくれたようだな、鳴川……首飾りは翔子ちゃんに渡してくれ」

置いてあった受話器からはそんな声が聞こえた。鳴川ははっとして受話器を拾い上げた。

「どういうつもりや、わけがわからへん。野路菊の首飾りとこの金にどんな意味があるいうねん、ちゃんと説明せい！」

「その意味、お前にならわかるはずだ」

鳴川はわかるかい！　と強く言った。これで弓岡製鎖工業を再生でもしろというのか。焼け石に水もいいところだ。

「ちゃんと言えや、浅尾！」

受話器の向こうからはため息が聞こえた。

「鳴川……まだわからないのか。俺は浅尾じゃない」

はっとした。確かにさっきからずっと違和感はあった。だが浅尾以外に誰がいるというのだ？　そう思って打ち消していた。

「そんならお前は誰や！」

男は答えなかった。じゃあなと言って通話を切った。放心状態の鳴川を他所《よそ》に、萌は現金を拾い集めている。こいつは本当に浅尾ではないのか。鳴川は手に持った野路菊の首飾りを黙って見つめていた。

その日、利庵には多くの客がつめかけた。

いつものように活気がある。いつものように萌が注文を聞きに回り、いつものように鳴川はどろ焼きを作りながら話に聞き耳を立てていた。

「おっちゃん、来年も神輿かつぐんか」

部活帰りの中学生が、角刈りの作業員に尋ねた。

「当たり前や……と言いたいが今年で引退やな」

「それやったら来年からは俺にまかしとき」

後継者ができたことに角刈りは喜んでいた。この少年は少し前までは不登校気味で、ゲームばかりしていた。とてもこんなことを言い出すとは思えなかったが変わった。灘のけんか祭りは雄壮なだけに体力がいる。何百キロもある神輿をぶつけ合うため年齢制限が設けられており、高校生以上、四十五歳以下となっている。この二人はちょうどその当落線上にいる。

「鳴やんも怪我せんかったらかつげたのにな」

客の言葉に鳴川はそうですなと笑顔で答えた。

ただ正直、仕事は手につかなかった。

気になるのはあの電話のことだ。店に舞い込んできた蝿のようにぶんぶんと音を立てて鬱陶《うっとう》しく飛び回っている。浅尾じゃない……電話の主が発した言葉がずっと心に響いていた。確かによく考えてみるとおかしいところがあった。電話の主は鳴川に社長室以来だと言った。しかし事件後、浅尾には工場で会っている。だが浅尾ではないならこの人物は誰だ？　彼は鳴川が長山の遺体を動かしたことまで知っていた。犯人であることは間違いないだろう。

「鳴やん、注文や。ウチがあんまり綺麗やからいうてぼおっとせんとき」

萌の言葉で我にかえった。鳴川は仕事に集中しようとするが、どうしても考えてしまう。長山を殺した犯人は翔子を命がけで守り、鳴川に接触している。浅尾にせよ、それ以外の人物にせよ通常の精神ではない。だが自分には犯人の想いが痛いほどに分かってしまう。俺の心のどこかには犯人への嫉妬《しっと》心がきっとある。

「鳴やん、明日にでもいっぺん翔子さんのトコ行ってみいひんか」

客がはけると、萌が切り出した。鳴川はそうやなと答える。あの人物は首飾りを翔子に渡せと言った。あの金と野路菊の首飾りに何の意味があるというのだろうか。


翌日、昼の営業が終わり、鳴川は軽トラに乗り込んだ。

今日はこれから製鎖工場に行く。製鎖工場といっても弓岡製鎖工業ではない。翔子が新しく働き始めた白浜の宮にある工場だ。あれから翔子は製鎖工場で働いている。弓岡製鎖工業はすでにチェーン製造を休止している。翔子は山崎の紹介でその工場に働きに行くことになった。先代の頃から付き合いのある工場で、技術のある翔子を歓迎してくれたそうだ。

萌を乗せた軽トラは、白浜の宮を目指した。

ここは浅尾と逢《あ》う約束だった場所だ。そして製鎖工場が多く存在する場所でもある。

加古川方向へ進み、大きめの道路を右に曲がった。播磨灘を横目にしばらく進むと、やがて製鎖工場が見えてきた。弓岡製鎖工業よりずっと大規模な工場だ。防音対策か高い塀に遮蔽《しゃへい》されている。製鉄会社に隣接していて、翔子はそちらで働いているらしい。駐車場に軽トラを停めると、鳴川は送られてきた首飾りの入った手提げ袋を持って正門の方へと向かった。

「通らしたってえな」

萌が小学生のような口ぶりで守衛に敬礼した。守衛は不審に思っているようだったが、鳴川が身分を明かし以前は自分も製鎖工場で働いていたと説明した。工場内は弓岡製鎖工業とは違い、すべて機械化されて静かなものだった。チェーンの品質を測るために行う探傷検査も人の手でなく機械が自動でやっている。溶接部の作業もオートメーションであっという間に鎖が編みあがっていく。翔子や鳴川がどれだけ急いでも追いつかないスピードだ。

翔子がいるのはチェーン丸棒の製造現場だった。太った男がヘルメットをかぶりながら若い工員に指導している。脱ガス設備について専門的なことを話していた。巨大なチェーン丸棒が連続鋳造されていくのを横目に、鳴川は階段を上がった。翔子も本当ならこんな設備でやりたかったんだろうという思いが浮かんだ。だがすぐに打ち消す。翔子を見つけた。彼女は手すりにつかまりながら、真剣な表情でプロフィルメーターを覗《のぞ》き込んでいた。

「ああ、鳴やん」

「さすがに大きいところは設備がちゃうな」

鳴川が微笑むと、翔子はうんと応じた。その寂しげな表情には、弓岡製鎖工業をつぶしてしまったという思いがにじみ出ているように見えた。

「警察の聴取とか、今日はええんか」

「うん、ええんや」

「さよか、それより翔子ちゃん……」

翔子は操作盤をいじる手を止め、プロフィルメーターの円形部分を依然として見つめている。鳴川はまどろっこしいことは嫌だったので、ズバリと核心をつく。浅尾のこと、現金三十三万円と花の首飾りが送られてきたこと。そして前の電話で浅尾と思っていた人物は自分が浅尾じゃないと言ったこと……。

翔子は初めてプロフィルメーターから目を外し、鳴川の方を振り返った。

「黙っとって悪かったな……けどどうや、浅尾以外にこんなことする奴わからへんか」

「鳴やん、あれ渡さなあかん」

萌は鳴川が忘れていたことを付け加えた。鳴川はああと応じる。あの人物は首飾りと現金を送ってきた。そして首飾りを翔子に渡すように言っていた。まるで意味がわからない行為だが、一応従っておこう。鳴川は手提げ袋から野路菊で編んだ首飾りを取り出した。

「今言うた首飾りはこれや」

首飾りを手渡された翔子は最初、無反応だった。だがしばらくして大きく目を見開いた。

「翔子ちゃん、この首飾りから何かわかるんか」

鳴川が発した同じ問いに、翔子は首を横に振った。

「それより一つ、よくわからへんことが」

「何や？　翔子ちゃん」

「何でもないかもしれへんけど……」

鳴川と萌は口を閉ざし、翔子の言葉を待った。

「最近、工場に誰かが忍び込んだ形跡があるんや。まだ契約上はわたしの土地やから時々見に行ってるんやけど、工具とかが動かされてる。おかしいと思って大阪の債権回収の人に訊いても知らへんって言うし。もう工場には金目のものは何もないのに」

閉鎖された工場に侵入者が？　あんなところに侵入してどうするつもりなのだろうか。よくわからない。そう思っていると、萌が急に真面目な顔になった。

「なあ社長さん、ホンマに工場には何もあらへんのか」

「あったらええんやけどな」

「親父さん、何か遺言でもしてかはったんちゃうん？　すごい財産についてとか」

翔子は少し考えた。だが喜八《きはち》社長は仕事一筋の人だ。

「遺産とかは笑っちゃうほど何もなかったんや。逆にお父さんは死ぬ前にわたしに言うたんよ。経営は難しいやろうし、会社は他の製鎖会社に譲り渡しても構わへん。せやけどあの製鎖工場そのものは残してほしいと。あそこでアンカーチェーンを作り続けて欲しいと。アンカーチェーンを作ることに誇りを持っていたんやろうな。工場の設備一つ一つが、自分の一部だと考えたんとちゃうかな」

「じゃあサービサーに譲渡されて、工場はどうなるんや」

翔子はかぶりを振った。

「更地にされて、売りに出されるんやて」

それからしばらく沈黙が流れた。

横を見ると萌が珍しく眉間《みけん》にシワを寄せながら真剣な顔になっていた。鳴川も真似するように考えた。送られてきた現金と首飾りについてはまるでわからない。だが工場への侵入者……何となくわかる気がする。翔子は野路菊で編まれた首飾りを大事そうにポケットにしまうと、軽く頭を下げて仕事に戻った。

3

はりま勝原《かつはら》にあるオンボロアパートの二階から、準規は追い出されるように出た。

岩田はすみませんでしたなとペコペコしている。弓岡製鎖工業で働いていた金髪の青年は睨《にら》みつけるような視線を向けてきた。二度と来るなとでも言いたげだ。近くにあるショッピングセンターを見つめながら、準規は長めの息を吐いた。

十一月に入ったが、捜査に進展はなかった。弓岡製鎖工業関係者に絞っているが、まるでわからない。浅尾の行方も不明だ。時間が少しでもあけば浅尾の住むしかまアパートに出向いているが、新聞受けに新聞がどんどん溜《た》まっていくだけだ。一度も姿を見ない。今も岩田は浅尾について必死で聞いていたが、取り付く島もないという感じで追い返された。お仕事はどうですかと訊いたら、バカにしとんのかと怒り出したのだ。悪意などない。岩田でこうなら、自分ではどうしようもない。連中は必死で浅尾をかくまっているのだろうか。

「おい池内《いけうち》、いっぺん署に戻るぞ」

少し苛立《いらだ》ちが感じられた。さすがに岩田にも最近、焦りが見えているようだ。

けんか祭りの日、準規は岩田にこっぴどく叱られた。浅尾は結局姿を見せなかった。見張っていたことがバレていたのだろうか。あるいは利庵にいた店員が裏切って鳴川に連絡した可能性もある。どちらにせよ、大魚を逸した感は否めない。

全く手がないわけではない。鳴川を聴取すればいいのだ。遺体移動の犯人は鳴川に違いない。この鳴川を逮捕すれば夢前川の連中の鉄の結束にもヒビを入れることができるだろう。浅尾をかくまっているとしたら、心を揺らすことは可能だ。だが一方で別の誰かがささやく。そんなことをすれば、かえって利庵に集う連中は結束を固くするだろうと。こんな思考は今までなかった。だが今は分かる。鳴川逮捕は下策だ。

姫路市内を中心部に向かう車の中、岩田は無言だった。話しかけるなというオーラが漂っていた。

だがそんなオーラを無視し、準規はハンドルを握りながら口を開いた。

「班長、俺は遺体を動かしたのは鳴川だと思っています。ただし遺体の移動は鳴川が勝手にやったという片面的従犯、違いますか」

岩田は微笑んでからうなずいた。

「これがこの事件を分かりにくくしとったんやわ。おそらく鳴川は弓岡翔子が殺したと思い込んで、工場から移動させたんやろ。情の鎖……確か池内お前、そう言うたなあ。鳴川いう男はとんでもないアホや。ただし、ええ意味でのアホ。ホンマに情に篤《あつ》い奴や」

そう言った時に携帯に着信があった。岩田はポケットから取り出してボタンを押した。

「ああ、なんやて！」

岩田は珍しく、驚いている様子だ。

「そうか、わかった。ちょうど戻ろうとしとったトコや」

準規はどうしたのかと訊《たず》ねてみた。岩田は少しだけ間をあけてから、こちらを向くことなく小声で応じた。

「浅尾が自分から出向いてきたらしい」

準規はハンドルを取られそうになった。本当ですかと確認すると二度も言わすなと怒鳴られるので、黙ってアクセルペダルを踏み込んだ。

姫路署に戻ったのはそれから十分ほど後だった。

準規と岩田は休憩も取らずに浅尾の下へと向かう。だが他の警察官の話によると、浅尾は罪を認め、出頭してきたのではないようだ。二人は浅尾が待つ部屋へと入った。そこには色の浅黒い男性がいて、天井を見上げている。浅尾昌巳……それは間違いなくその人物だった。やがて岩田と準規に気づいた浅尾は、会釈した。真剣になって追っていたのがバカらしくなるほどあっけなく浅尾は現れた。

「浅尾昌巳さんですね？　どこに行っておられたんですか」

岩田が問いかけた。浅尾はどういうわけかジロジロと準規を見ている。そうか、兄貴のことだな。準規が兄貴によく似ているからだ。

「刑事さん、言うとくが俺は別に逃げ隠れしていたわけやない。ただ工場を潰《つぶ》したくなかったもんで金策に走り回っとっただけや。金はある程度は工面できた。まあそうは言うても、とても一億三千万には届かんかった」

朴訥《ぼくとつ》とした口調だった。本当なのか？　岩田は子供が興味をなくした玩具《おもちゃ》を見つめるように浅尾に視線を向けていた。

「俺は絶対に長山を殺しとらん……誰も証明してくれんけど」

繰り返しのような言葉だった。岩田は問いを発した。

「では何故ここに来たんですか」

浅尾の黒い肌に少し汗が浮いていた。

「目撃者として来たんや」

「目撃者……長山事件のですか」

浅尾はああと答える。そうやと付け足した。

「俺はあの日、工場で遅うまで残って仕事をしとった。磁粉探傷の機械が調子悪かったもんで直しとったんや。けど帰る間際に黒いベンツがやって来た。降りてきたんは大男やった。門のところで男と話をしとったよ。今思うとたぶんあいつが長山やったんやろ」

岩田は調書を取りつつ、黙って浅尾の話を聞いている。

「それだけ言いたかっただけや。別に長山が殺される現場を見たわけやない。ただしそれらしき人物がおったことは間違いない。逃げとるとか、何か隠しとるとか思われとうなかったよってな」

こんなことを言いに来たというのか。いくらでも嘘はつけるし、信用することなどできようはずもない。岩田は努めて冷静に長山と話していたという人物の特徴を聞いていく。だがよく知らないらしい。

「それだけだったんですか。長山とその人物は他に何か……」

「しゃべっとったんは覚えとるよ」

どんな内容ですかと岩田は問いかける。浅尾はしばらく思い出すように天井を見上げていた。わざとらしい演技に見えるが、岩田は黙っていた。

「工場の方を指差しながらでかい男は大声で言うとったよ。わしは知っとるんや、あそこに埋めたんやろうが……みたいなことを」

あそこに埋めた……何のことだ。全くの作り話にしては意味不明だ。岩田はもう少し正確に話すよう浅尾に促した。

「俺も正確には分からんのや。でかい男がもう一人に何かを埋めたんやろみたいに何度か訊ねとった。それ以上は分からん」

「浅尾さん、もう一人の男性の特徴はどうなんですか」

「全く分からんかった。背はでかい男より十センチくらいは低かったやろ。もっと小さかったかもな。まあ女いうことはないやろうが。年齢もよう分からん」

「もう少し正確に思い出してください」

だが浅尾は分からんの一点張りだ。手を替え品を替えしていろいろ質問するが、それ以上のことは結局聞けずじまいだった。浅尾は目撃者として任意の聴取なので、聴取を終えると踵を返した。準規はその背を黙って見送るしかなかった。

「おい行くぞ、池内」

岩田に手招かれ、準規は後に続いた。どこに行くというのだろう。

「これで見えてきたわ……」

見えてきた？　どういうことなのだろうか。浅尾の言うことを信じているのだろうか。あんなものは自分の疑いを逸《そら》すために適当に言ったものとしか思えない。

「班長、どういうことなんですか？　浅尾は犯人じゃ……」

「浅尾がさっき言うたこと、たぶん全部ホンマや」

岩田は助手席に乗り込む。準規も運転席に座った。

「どこへ行くんですか」

「工場や、弓岡製鎖工業に行け」

準規はアクセルペダルを踏んだ。

行き先が弓岡製鎖工業ということは、工場関係者の線は変わっていないということだ。ただめぼしい関係者には徹底的に当たっている。その行動を事細かに調べ尽くした。浅尾についても同様だ。奴はけんか祭りの前から姿を消していた。怪しいはずだった。どういうことなのだ？　さっぱりわからない。気になるのは先の聴取で弓岡翔子が言っていたことだ。工場に侵入した形跡があると。今から工場に行くということは、それを調べに行くのだろう。

午後三時十四分。一筋、煙が立ち上っているのが見えた。新日鉄広畑の巨大工場だ。何トンもある巨大な鉄の塊が、運搬に特化した橋の上を通って運ばれていく。車は夢前川までやって来た。製鎖工場は閉鎖されている。だがその前には一人の女性が待っていた。こちらに気づくと軽く会釈をする。弓岡翔子がそこにいて、二人は車を降りた。

「疑いをかけて、申し訳ありませんでしたな」

屈託のない笑顔で岩田は切り出した。この口調では本当に翔子への疑いを解いているように思える。だが長山への多額の連帯保証債務、凶器となったスタッド、使用された手袋とシューズ、さらには最近になってベンツに付着した草がこの辺りのものであるという鑑定結果が出ている。間違いなく長山はここで殺されて運ばれたのだ。翔子が無関係であるとは考えづらい。鳴川の他にも翔子のためを思って行動した奴がもう一人いる……以前なら到底考えつかない思考だった。しかもそいつは浅尾ではない。

準規と岩田は翔子の後について静かな工場内をしばらく歩いた。

「ここを見てください。こじ開けた形跡があるんです」

溶接場の大きな扉の前で立ち止まると、翔子は錠前を指さした。岩田は真剣な表情で錠前を調べた。

「中を見せていただけますかな」

翔子はええと応じた。やがて大きな扉が開かれる。中からは錆《さ》びた臭いがした。溶接場だ。製鎖工場の中核には巨大なアンカーチェーンがいくつかとぐろを巻いている。中央にある巨大な四本脚の機械には一から四まで漢数字がふられ、上にはターンテーブルという回転する機械が付いている。ここで巨大なアンカーチェーンは製造されるのだ。おそらく値段的には数千万、あるいは億を超える機械なのだろう。だがこんな専門的な機械、売れるとは思えない。借金返済には充てられず鉄屑《くず》になっていくのだろう。

巨大機械の横には螺旋《らせん》階段があった。二階に続いている。そこには事務所のようなものがあって、メーターの付いたよくわからない機械が並んでいる。地面に目を落とすと、巨大な敷鉄板が百坪ほどの溶接場内に敷き詰められていた。岩田はしばらく場内を見渡していたが、しゃがみこんで敷鉄板を見つめている。ボールペンでコツコツと叩《たた》きつつ、真剣な表情でじっと考え込んだ。

「特に盗《と》られた物はないんですか」

岩田の代わりに準規は問いかけた。

「ええ……わかりません」

溶接場内には沈黙が流れた。岩田がボールペンで鉄板を叩く音だけが聞こえる。やがて翔子が準規の方を向いた。

「刑事さんたちはまだ浅尾さんを疑ってはるんですか」

準規は口ごもった。心の中だけでイエスと答える。というより浅尾以外にいないと思っている。だが岩田はしゃがんだまま、そっけなく答えた。

「さっき電話で言うたでしょう？　今は全く疑っておりませんわ」

翔子は間違いないですねと念を押す。岩田は翔子を見るでもなくええと答えた。

「浅尾さんはそんなこと絶対にせえへん人です」

その時、岩田は立ち上がった。鋭い眼差《まなざ》しを翔子に向けた。

「弓岡さん、何で浅尾さんが犯人やない……そう思ったんですか」

翔子は虚をつかれたような表情を見せた。

「それは……」

「まあええですわ。代わりに聞かせてください。三年前、お父さんの喜八社長が亡くなられた時のことです。何か遺言はされませんでしたか」

翔子は少しほっとした顔に見えた。

「工場のことです。会社は他の製鎖会社に譲り渡しても構わへん。せやけどこの製鎖工場そのものは残してくれ。この工場でアンカーチェーンを作り続けて欲しい……そんなことですけど」

「もう一つだけ聞かせてください。遺言を受けたのはあなただけでしたか」

「え……？」

「舌足らずでしたな。正式な相続人はあなただけなのは分かっています。ただ喜八さんが亡くなられる前、喜八さんは土地のことで誰かとお話しされていませんでしたか」

翔子は少し考えてから言葉を選んだ。

「父は生前、友人が多かったんです。でも急に容体が悪化しました。せやから近くにいたわたし以外にはみんなほとんど死に目に会えへんかったんです。重役の山崎《やまさき》さんもいなかった。看護師の藤井《ふじい》さんくらい。あえて言うならあの人です。しらさぎBANK理事長、小寺沢義彦《こてらさわよしひこ》という人」

「どんなことを話されていましたか」

「当時経営は苦しくなっていて、借金の件で来はったんです。弓岡製鎖工業の土地を担保に結局五千万円を貸してくれました。それをわたしは父の死後、完済しました。でもあの人は関係ないと思います」

その瞬間、準規には岩田の細い目の奥が光ったように思えた。

「そうですか、ありがとうございました」

岩田の質問は終わった。準規に問いはなく、翔子を含む三人は工場を出た。

「弓岡さん、すみませんでしたな、真犯人は近く逮捕しますんで」

礼をすると、岩田は逃げるように助手席に乗り込む。遅れて準規もハンドルを握り、車は夢前川を発して姫路署へと向かった。


どういうことですか、と同じ問いをいくつも発したい気分だった。

本当に翔子と浅尾は事件に関係していないのか。浅尾が真犯人でないなら誰なのだ？

だが黙り込んだ岩田に準規は声をかけられず、しばらく沈黙した。姫路署につく直前、岩田は進路を変えるように指示し、白浜の宮に行くように言った。

「……そこで全部説明したるわ」

準規は指示にしたがって車を白浜の宮に向ける。十五分ほどで目的地に着いた。

そこは工場だった。白浜の宮周辺は姫路、いや日本の鎖製造の中心地だ。幾つもの製鎖工場がある。だが岩田が連れて行ってくれた工場は製鎖工場ではない。無数の蔦《つた》が巻きついている廃墟だった。海に面していて、壊れた小型船があることから、造船会社だったのだろうと思った。

「ここは播磨造船いう会社や……ここがすべての始まりやった」

岩田の言葉に準規は無言でそちらを向いた。

「この播磨造船は見ての通り潰《つぶ》れとる。もう十八年前になるが、社長夫婦が自殺してな」

「そうなんですか」

「播磨造船が倒産した理由、それは近所にあった材木会社の連帯保証やった。この材木会社と播磨造船は商売上、それほどのかかわりはない。ただ単に家が近く、そのよしみで連帯保証人になっただけや。こういう支え合いは仕方なかったようやな。けどそれが仇《あだ》となった。材木会社社長が死んで、若い息子が跡を継いだものの経営が無茶苦茶ですぐに倒産してしまったらしい。若社長はあっさり破産、だが責任感の強い播磨造船社長は必死で連帯保証を返そうと頑張った。頑張りすぎてまた借金……よくあるパターンや。播磨造船社長夫婦は保証人に迷惑をかけられないと一人息子を残して死を選んでしまった。無責任な若社長のせいでな……」

岩田は言葉を切った。よくあるとはいえ、ひどい話だ。

「その材木会社の若社長やが、名前は長山和人《かずと》いうんや」

岩田の言葉に準規は顔を上げた。そういえば長山も一度破産している。そうだったのか……言葉が出なかった。播磨造船の一人息子からすればやりきれないだろう。両親は自殺したのに破産した長山はその後再生……どれだけ無念だったろうか。そうか、岩田がいう真犯人とは残されたこの造船会社の一人息子ということか。ただ長山は業の深い男だ。ここだけでなく多くの人間を泣かせ、死に追いやっている。どうして岩田はこの播磨造船だけに注目するのか。

そんな準規の思いを見透かしたように、岩田は造船会社のすぐ横にある廃屋に足を運んだ。準規も後に続く。ここも同じように蔦が巻き付いている。普通の木造二階建て住宅。土地は八十坪くらいか。社長の家にしては小さな家だ。弓岡家もそうだが、中小企業の社長宅などこんなものなのかもしれない。大会社のミスや気まぐれで生活は吹き飛んでしまう。金を借りるために連帯保証という鎖で結びついていても、逆にその鎖で縛られてこうなってしまう。

岩田は門のところに巻き付く蔦を払いのけた。

準規は見づらかったので身をかがめて見た。そこには表札があって「小寺沢」という文字が刻まれている。聞いたことのある苗字《みょうじ》だ。たしか姫路駅近くにあったしらさぎBANKというNPO法人理事長がこんな苗字だった。そしてさっきたしか翔子は……。

「わかったようやな。小寺沢義彦、こいつが播磨造船の一人息子、長山殺しの犯人や」

岩田ははっきりと断定した。

「池内、長山は工場に何かが埋まっとる……そう言うたんは覚えとるな」

「ええ、浅尾の言うことが本当ならですが」

「一方で弓岡翔子が言うたことも覚えとるやろ？　侵入者があったって」

「それは……はい」

「二人の話は一致しとる。口裏合わせの可能性もあるが、そんなことする意味はまずない。これは真実と考えてええ。錠前が壊されとることからして例の侵入者は溶接場に入った。埋めるならあそこや。ここで考えるべきなのは何が埋まっているかではのうて誰が埋めたかや。さっき見たが溶接場には敷鉄板がはりめぐらされとった。どう考えても一般人があんなトコに埋めるはずはない。工場関係者、中でも権限を持った人間、はっきり言うたら社長や。ただ翔子の方やない。埋めたんは喜八社長やろ。あそこは昔からああなっとったらしいし」

　そこで一度岩田は言葉を切った。

「次に考えるべきは侵入者や。侵入者、あるいは長山はなんで喜八が娘にも言ってないことを知っとったか……生前に社長から聞いた。こう考えるのが筋やろ？　だからさっき弓岡翔子に問いかけた。喜八は死ぬ前、土地のことで誰かに会ってなかったかと。土地を担保に金を貸したという小寺沢の名前が出て確信したわ。あいつは聞かされとったんや。喜八が埋めた何かを。そしてそれを長山とどういう形でか共有した」

　徐々にではあるが見えてきた。岩田が言わんとしていることの輪郭が像を成し始めている。溶接場内に何かがある。土地を担保にするということは、借金が返せなければ土地と、そこに埋まっている物も小寺沢の物にする――そういう了解が喜八社長と小寺沢の間にあったということだ。

「班長、何があったというんですか」

　準規の問いに岩田は黙った。間があってそれは分からんと小さく答えた。

「ただ小寺沢義彦、あいつは前から容疑者の一人やった。さっき説明した両親の件から考えてもな。たしかに長山を殺したいほど恨んどった奴は百人を超える。それでも逆に言えばその程度しかおらん。リストは全部ここに入っとるんや、すぐにわかるわ」

　岩田はこめかみ辺りを軽く叩《たた》いた。

「この播磨造船、昔は弓岡製鎖工業と深い関係にあったんや。工場でつくっとるアンカーチェーンあるやろ？　あんなバカでかいもん陸上では運びづらい。そやから船で運んどったわけや。弓岡喜八はそういうつながりから一人残されたここの息子、小寺沢義彦を社員として雇い入れた。小寺沢は工場のこともよう知っとるしな……」

　準規は言葉を発することができなかった。一気に岩田は事件の真相にせまった。まだ確たる証拠はないが、ここまで来れば偶然ではないだろう。小寺沢義彦……彼が犯人の可能性が高い。

　だがそんなことよりも準規は岩田の推理に打ちひしがれていた。情だけでも理だけでもない。徹底的に調べあげ、それを整理記憶し、一見信じ難い情報でも分析し、一瞬の隙から一気に階段を駆け上がることのできる能力……自分はここまで行くのにどれだけかかるだろう。

　岩田は蔦が絡みつく小寺沢宅に咲いていている花を見た。マーガレットのような白い花。

これが野路菊やと言ってから岩田は眺めていた。ただどこか岩田の表情には憂いのようなものが見えるように思えた。

「どうかしましたか」

「いや、なんでもあらへん。明日になればハッキリするわ。一度帰って休んで来い」

岩田は助手席に乗り込む。運転席に戻った準規は海岸沿いに咲く、無数の野路菊が風で揺れているのをしばらく眺めていた。

4

岩田と別れた準規は書写山《しよしやざん》の麓《ふもと》にある自宅に戻った。

だが眠気は起きない。これからどうすべきかを考えると、目が冴《さ》えて眠れない。脳内物質がせわしなく活動している。小寺沢義彦……示された真犯人の名前は意外なものだった。岩田が一気に閉塞《へいそく》状況を突破して真実にせまる様子が睡眠を妨げている。

時計を見るが、まだ帰ってきてから一時間ほどだ。玄関の方で音がする。義母が出かけようとしているようだ。確かこの時間は娘を保育園に迎えに行く時間だ。準規は立ち上がると玄関に向かい、義母の背に語りかけた。

「保育所ですか？　お義母《かあ》さん、俺が迎えに行きますよ」

義母は意外な顔をした。

「いいの？　準規さん……あなた疲れているんでしょう」

「いえ、いいんですよ。どうも眠れません。それにせっかく戻ってきたんだから聖菜《せいな》に会っておかないと。この前も眠りに帰っただけでしたから」

微笑みながら言うと、義母はわかったわと応じた。

「それじゃあ、行ってきます」

「ああ、準規さんちょっと待って」

呼び止められて準規は振り返ると、義母は優しそうな目だった。

「言っていなかったけど、この前怖そうな顔した県警のお偉いさんが来てくれたのよ。あなたのこと将来有望だって褒めちぎっていたわ」

岩田のことだろう。本気だろうか。

「そうですか、まあリップサービスですよ」

「とんでもない。あの言い方は本当に有望だって思っている感じよ。だいたいダメだって思っている若い刑事のところまでわざわざ来てくれるはずないでしょ？　ここへ来たことは言わないでくれって釘《くぎ》を刺されたんだけど言っちゃうわ」

準規は口元を緩めるとそうですか、と曖昧《あいまい》に返事をした。

「準規さん、あなたとは色々あったわね。娘との結婚、わたしは正直反対だった。娘とはその件でさんざ喧嘩《けんか》もしたわ。娘はあなたを認めないなら家を出て戻らないって剣幕だった。今だから言えるけどあなたの家庭を調べてこれはちょっと……って思ったのよ。お兄さんがあんなことになっているし。でも今は娘の言うとおりだったと思っているわ」

準規はうつむきながら苦い笑いを浮かべた。

「本当にごめんなさいね、準規さん」

「いえ、いいんですよお義母さん……逆の立場なら俺もきっとそう思うでしょうから」

準規はごまかすように時計を見た。

「あ、聖菜が待っているんで行ってきます。それじゃあ」

車に乗り込むと、準規はエンジンのボタンに手をかけた。

妻の両親とはどうもギクシャクしていた。それは入婿の立場上仕方ないのだろう。だから家に戻る事の少ない刑事は楽だと自分は内心思っていたのかもしれない。ただ義母は今、本音で接してくれたように思う。これまで妻の千春《ちはる》とそんな争いがあったなど聞いたことがなかった。どんな立場だろうが人と人はわかり合えるのだろうか。本音で語り合う知恵が不足しているだけなのかもしれない。

書写山の麓、紅葉の道を抜けて、やがて車は保育園に辿《たど》り着いた。

子どもたちは遊具で元気よく遊んでいた。知らない顔の保護者たちが挨拶《あいさつ》をしていく。準規はどこか恥ずかしげにどうもと頭を下げただけだ。思えば自分はガキのころからこの挨拶という奴が苦手だった。する理由がわからない。たしかにそれによって気持ちが良くなることもあろう。この保育所にも「あいさつをしましょう」という看板がいくつも立っている。ただそれで全てが解決するわけではない。むしろ形式だけを整え、内心とのギャップを生み出すだけかもしれない。

犯罪が起こると、犯人はよく挨拶をする人だったなどと情報が流れる。無論逆にムスッとした奴だったという場合もある。要するに関係ないのだ。こんなものは仮面だ。挨拶などできても仮面の付け方がうまくなるだけ。内心は変わらない。そういうことを自分はきっと子供の頃から感じていてこの挨拶に疑問を持ったのだ。単純な照れというよりこういう仮面への反感が自分を挨拶の出来ない子どもに変えていた。

大人になってからはそれに拍車がかかった。挨拶の推進というのは日本人の対話能力の低さを物語っていると思うようになった。ちゃんと対話ができないから、挨拶という形で防衛線を前に押し出すのだ。そのラインで人間関係の悪化を食い止めようとする。そしてそれに依存し、挨拶ができない奴は疎外されていく。いつしか自分はそんな具合にひねくれて考えるようになっていた。組織に入り必要に迫られて挨拶はするようになったが、今も抵抗感がある。

「お父さあん、ここだよお！」

可愛らしい大声に準規はそちらを見た。キリンの形をしたすべり台の上には聖菜が立っていて手を振っている。お世辞で他人の子供に可愛い子ですねと言うことがある。だがどう見ても他の子供たちよりずっと可愛らしく映る。準規は手を振り返すと、台の上から抱っこして聖菜を降ろしてやった。保育士に礼を言うと、準規は車に乗り込んだ。

「それでね、カバさんがガオーッて言ったの」

車の中で準規は聖菜と楽しく会話をした。準規は書写山の紅葉を指さす。

「聖菜、今度ロープウェイ乗りにいこうか」

「うん、ロープウェイ乗りたい！　カバさんも一緒ね」

「ああ、お母さんも一緒だ。おじいちゃん、おばあちゃん、カバさんもみんな一緒だ」

「やったあ、約束だよ」

約束はしたが、今度というだけで期限は切っていない。我ながらずる賢いなと準規は思った。それでも久し振りの娘と二人だけの時は貴重に思える。小寺沢の逮捕は近い。きっと紅葉が綺麗《きれい》な内にロープウェイにも乗れるだろう。準規は娘の横顔を見つめた。こんな天使を殺されたり辱められたりしたら、殺人は起きるよなと思う。いずれは聖菜にとって準規など疎ましい存在になっていくのだろうが、今はこの幻想を楽しませてもらいたい。

横目で聖菜の無邪気な顔を見ていると、携帯が震えた。

準規は道路脇に停車する。岩田からだろうか。だが表示を見ると違った。意外にもその表示は「弓岡翔子」になっている。準規は聖菜にちょっと待ってねと言うと、電話に出た。

池内だと名乗ると長い間があった。

「今から会ってくれませんか。池内さん、あなただけに相談したいことがあるんです」

真剣な声だった。自分だけに相談？　岩田はもちろん、鳴川らにも言っていないというのか。

「それは事件のことですか。重要なことなんですよね」

「もちろんです。長山事件のこと、すごく重要なことです。お願いします」

そこまで言われては断る理由などなかった。準規はわかりましたと応じた。それにしても翔子は何故こんな電話をよこしたのだろう。眉間《みけん》にシワを寄せる準規を見て、横では聖菜が首をかしげている。準規も同じように首を傾けるとにこっと笑った。


娘とのつかの間のひと時は、一本の電話によって途切れた。

聖菜を家に送りとどけた準規は弓岡製鎖工業へ車を向けた。自分にだけ相談したい事件のこと……わけがわからない。どうして鳴川たちではいけないのか。そういえばさっき岩田は翔子に訊《たず》ねていた。浅尾が犯人ではない理由を。岩田が発した問いに翔子は言い淀《よど》んでいた。あれはどういうことだったのだろう。とはいえ色々考えても仕方ない。とりあえず行ってみて、彼女の話を聞いてみることだ。

工場に着いた時、日は西に傾きかけていた。

準規は車を停めると、製鎖工場の中へと足を踏み入れようとした。だが門には内側からがっちりと鍵《かぎ》がかかっていた。中に人がいる気配はない。ここで明日、すべては決着する。本当に小寺沢がやって来るのだろうか。そんな思いをよそに仕方なく準規は翔子に電話をした。翔子はすぐに出ると、すみませんと謝った後、近くの公園に来てください、と言った。

車はそのままに、準規は言われたとおり公園へ向かった。指定された公園は夢前川沿いにある小さなもので、工場からほど近い場所にあるらしい。川に沿って少し歩くと、小学生たちがスケボーで滑っていくのが見えた。その少し先、錆《さ》びたガードレール近くに鬱蒼《うっそう》とした林があった。その手前、夕日に照らされながら翔子がこちらを眺めていた。

準規は手提げ袋を持った翔子に声をかけた。

「ここが公園なんですか。言われないとわかりませんよ」

翔子は返事をしなかった。公園の中へと歩いていく。確かによく見るとブランコやシーソーもある。だが使える状態ではなく、高い草が絡み付いていた。

「さっそくですが、用件を伺いましょうか」

手帳を取り出すと、準規は促した。だが翔子はすぐには切り出そうとしなかった。河岸の防護ネットに近づくと夢前川に係留されている船を見ながら、はぐらかすようなことを口にした。

「この公園、今は草が伸びて誰も使ってませんけど、ちょっと前までは工場で働いている人たちが昼休みによく来ていたんです。わたしも利用してました。最近はご無沙汰《ぶさた》やったけど」

「弓岡さん、お話というのは？」

じれったく思って、準規は思わずせかせてしまった。

翔子はすみませんと頭を下げてから続けた。

「どうしても聞いて欲しい重要なことがあって……」

翔子はベンチに腰を下ろした。近くに咲く無数の小さな白い花を見下ろしている。これは確か野路菊……。

「鳴川さんの下に、お金が届いたんです」

準規は野路菊から視線を翔子に移した。

「弓岡さん、失礼ですがそれがあなたのいう重要なこと、なんですか」

準規の問いかけに翔子は黙ってうなずいた。

「もちろん、犯人からやし。その現金は数えたら三十三万円あったそうです」

犯人？　小寺沢のことか。だが現金が送られてきたことがどうしたというのだろう。準規はそう思ったが、どことなくひっかかるものを感じていた。三十三万円という数字、どこかで聞いた。しばらくだまりながら準規は考えた。

「わかりませんか。ずっと前のことです。鳴川さんは友人にお金を貸していました」

翔子が発したその言葉で思い至る。瞬間、準規はそのまま倒れそうになった。何かで強く殴られたような衝撃があった。

「もう一つ、決定的なものがあるんです」

翔子は何かを手提げ袋から取り出した。

「これが鳴川さんに送られたもう一つの物です。わたしに渡してくれって」

手渡されたのはドライフラワーの首飾りだった。野路菊の花が丁寧に編み込まれ、いくつかの輪が連なり鎖のようになっている。

「十数年前、弓岡製鎖工業で働く一人の作業員が、ここでわたしに同じものを編んでくれました」

「作業員？　浅尾昌巳ですか」

問いかけながら、準規には得体の知れない不安感があった。この首飾り、いやこの結び方に見覚えがあるのだ。

「いいえ、浅尾さんじゃありません。池内さん、あなたがよく知っている人です」

準規は一度顔を上げた。

「彼が首飾りを編む時、そこにはクセがありました。いつも野路菊をもやい結びにするんです。知ってはりますよね？　もやい結び……船を係留するときに使う結び方です。彼はもやい結びについて一本のロープで一トンの船を係留できる結びの王様だとわたしに教えてくれはりました。もやいという言葉に人と人がつながるという意味があることも。彼は言いました。俺たちはアンカーチェーンを作っている。どこにも負けへん最高の鎖や。俺はそれに誇りを持っている。そやけどアンカーチェーンより強い綱がある……」

準規は顔を上げることができなかった。

「それは人どうしの綱や。人と人を結ぶ、もやい綱は鉄の鎖より強いんや……もうお分かりですよね？　届けてくれたのは、池内篤志《あつし》、あなたのお兄さんです」

準規は立ちくらみがして、ブランコに手をついた。

覚えている。兄貴はこの野路菊の花を編んで、よく近所の女の子にあげていた。そのとき同じことを言っていた。準規とは対照的に明るく、格好つけ。人と人を結ぶもやい綱……いかにも兄貴らしい安っぽい言葉だ。

野路菊の首飾り以外に何も見えなかった。その結び目を凝視している。いや、本当は何も見えていなかったのかもしれない。三十三万円といえば兄貴が鳴川に負わせた借金の額だ。それを送ってきたのは、遅ればせながら債務を弁済したという意味だろう。

「彼は篤志さんや！　違いますか」

準規はいまだに顔を上げることができなかった。兄貴は生きている。そして殺人を犯した……ようやく顔げると。夕陽に照らされ、船の係留された夢前川が赤く染まっていた。それはまるで今の兄貴の心を表すように燃えているようだった。

第五章　残　響

1

その夜、時刻はすでに午後十時を過ぎていた。

一日の営業が終わり、片付けを済ませると萌《もえ》の姿はなかった。もう帰ったのだろうかと思い、鳴川《なるかわ》は寝室に向かった。だがその手前、仏壇のある部屋に小さな人影があった。萌が黙って立っている。初めから図々《ずうずう》しかったが、最近はそれに拍車がかかった。勝手に上がりこんで、仏壇の方を眺めていた。

「女泥棒侵入か？　残念やが何も盗《と》る物はあらへんぞ」

声をかけるが、萌は何も反応しなかった。聞こえていないわけはないだろう。だが驚きもしない。静かに上がってきたわけではないし、こっちがやって来たことには気づいているだろう。それ以上何も言わずにいると、萌は仏壇を指差した。

「なあ、鳴やん……この写真やけど」

萌が指差したのは鳴川の母親の写真ではなかった。隣にある十四年前の写真だ。そこには当時の弓岡《ゆみおか》製鎖工業の面々が写っている。喜八《きはち》社長の横に翔子《しょうこ》がいて、後ろには青年が三人いる。真ん中にいる一番痩《や》せているのが鳴川、左側の小麦色の肌をした男は浅《あさ》尾《お》だ。

「このハリガネマンが鳴やんやろ？　こっちの人が一番イケメンや」

ハリガネマンって何やと思ったが、大体わかるので問わずにおいた。萌が指差したのは鳴川の右側にいる青年だった。髪をオールバックにして、ニヒルな笑みを浮かべている。少し悪そうに見せているが、童顔であまり似合ってはいない。

「ううん、イケメンいうかジャニーズ系やな」

「そいつは池内《いけうち》や、池内篤志《あつし》。この前来た刑事の兄貴……ええ奴やったよ」

鳴川の答えに萌はしばらく黙っていた。どうしたのかと思ったが、口を開いた。

「ふうん、この写真、みんな仲良さそうやな。でもそれやったら犯人、浅尾さんやのうてこの池内いう人かもしれへんやん」

萌の言葉に、鳴川はそれはないわと即答した。

「池内は十四年前、借金残して失踪《しっそう》しとるからな」

「失踪？　どういうことや」

鳴川は池内の人物像と鳴川に対する債務のことを、萌に話してやった。萌は再び写真の中、池内の顔をじっと見つめた。やがて一匹だけもらわれ損ねた茶トラの子猫が、にゃあにゃあと鳴きながら擦り寄ってきて萌は抱え上げた。鳴川は背を向ける。誰かが店の引戸を叩《たた》いている音が聞こえたからだ。

「すんません、鳴川さん」

鳴川はすぐ行きますわと大声で返事した。引戸の向こうからの声には微《かす》かに聞き覚えがあった。五十くらいの男の声だ。鳴川はもう一度声を出すと引戸を少し開けた。いかつい体形の男が一人で立っている。

「こんばんは、鳴川さんですな？　県警の岩田《いわた》と言います」

以前ここに聞き込みに来た刑事で、一瞬で血の気がひくような思いになった。準規はいない。一人だけだ。

「こんな時間に、何の用です？」

時計を見ながら鳴川は訊《き》いた。岩田は答えずに中に入ってきた。こんな時間だし、話は中の方がいい。灰皿で煙草をもみ消すと、岩田は恐縮しつつ答えた。

「まず言うときますわ、鳴川さん……私はあんたを敵や思うていません」

まるでこちらと敵対関係にあるのが前提のような言い方だ。

「どういう意味や、刑事さん」

あえて名前を外して鳴川は問いかけた。

「まあ、そう警戒なさらんと。今日は客ですわ、そこの酒、熱燗《あつかん》でもらえませんかな」

岩田は官兵衛にごり酒という地酒を指差しながらニヤニヤと笑っていた。そういえばさっき萌と話していた池内篤志もこの酒が好きだった。岩田は寒うなってきましたな、と揉《も》み手《で》しながらどんと椅子に腰掛けた。

「それはそうと、今日は綺麗《きれい》な月が出ていますな……」

窓から夜空を見上げていた。つられると中秋の名月ではないが、確かに綺麗な月が出ていた。

「鳴川さん、あんたが長山の遺体を運んだんも、こんな晩でしたな」

いきなりのことで面食らった。岩田の細い目は鳴川の背後に向いている。視線の先には萌がいた。階段を下りてきた萌は口に手を当てた。岩田は友人にでも挨拶《あいさつ》するようにニコニコしながら萌に片手を上げた。

——もうダメか……。

答えずにいると、岩田は鳴川の代わりにあの日のことを詳細にわたって話していった。途中で軽トラからベンツに乗り替えたことから始まり、長山宅ではここで犬にエサをやった、ここで塀を乗り越え、振り返って月を見たなど鳴川でも覚えていない部分まで見たように語った。

それは当てずっぽうなどではなく、全てが物証に裏打ちされていた。完璧《かんぺき》すぎる推理に鳴川は恐れるよりむしろ笑いだしそうになった。どうしようもない。逃げられない。この刑事に自分が知る限りの謎を話せば、名前も知らない共犯者についてあっさり答えを出してくれるのではないか。

「まあこんなこと、正直どうでもいいんですわ……鳴川さん、あんたええ人ですしな。まあいずれ逮捕しますが、バカらしいとさえ思っています。それより長山を殺した奴を捕まえることですわ」

鳴川は苦笑しながら応じた。

「誰が殺人犯かわかっとるんですか」

岩田はええと答える。浅尾という名前が漏れるかと思ったが違った。

「犯人はわかっとります。小寺沢義彦《こてらさわよしひこ》いう人物ですわ」

その名前に鳴川はえっと声を漏らした。萌も後ろで驚いた声を上げた。

「あの金貸しが？　どういうことや？　警察のおっちゃん」

岩田は煙草で一服すると、説明しますわと言った。鳴川は動揺が抑えきれなかった。確かにあの電話の声は浅尾とは別人に思えた。だがまさか小寺沢だとは想像できなかった。二度会っただけだし、よく覚えてはいない。

「浅尾は今日、署に出向いてきましてな。それで全てがわかったんです」

岩田が話したことは意外なことだった。

しらさぎＢＡＮＫを経営する小寺沢の両親は自殺している。そして彼らを自殺に追い込んだのが長山《ながやま》だった。小寺沢は弓岡製鎖工業にいたこともあり、工場のことを熟知しているという。二十年にも及ぶ怨恨《えんこん》……だが意外にも動機以外の部分は弱かった。これでは知らぬ存ぜぬで逃げられてしまうのではないか。あるいは言わないだけで他にあるのかもしれない。

鳴川が問いかけると、岩田は煙草を胸ポケットにしまってから真剣な顔になった。

「この店によう出入りしとる、藤井清子《ふじいきよこ》いう元看護師がおるでしょ？　鳴川さん、彼女のことについて詳しく教えてください」

「藤井さん、どないしたんですか」

やや興奮気味に問うと、岩田は細い目をさらに細くした。

「何も藤井さんが長山殺しに関与しとるいうわけやないんです。さっきも言うたとおり、犯人は小寺沢です。共犯者もおりません。あえて言うならもうあんただけですな。藤井さんは殺人には無関係です。約束しますわ、夢前川《ゆめさきがわ》のみなさんに迷惑はかけへんと」

鳴川はしばらく黙っていた。酒が温まったので出してやると、岩田は自分でお猪口《ちょこ》に注いだ。呑《の》んでから、美味《うま》いと言った。鳴川はその様子を見ながら考えた。藤井のことを話して、翔子に不利益があるだろうか？　おそらくはない。

「わかりました。お答えします」

鳴川は藤井について詳しく話した。藤井は元看護師だ。喜八社長が死んだ病院に勤めていた。社長と親しかった縁で昔から利庵《りあん》に来ている。鳴川が入院したときも来てくれた。一人暮らしだったが、最近はよくショートステイで書写山《しょしゃざん》の向こうまで行っていることも話した。岩田は赤ら顔でうんうんとうなずいている。こういう話から何かがわかるのだろうか。メモを取ると、ありがとうございますと微笑んだ。

「事件について、ほとんど見えとるんです。侵入者イコール小寺沢です。小寺沢の意図、これだけが気になりましてなあ。もっと正確に言うなら喜八社長は小寺沢に何を言い残したんか……私が知りたいのはこの一点だけですわ。翔子さんも詳しくは知りません。

知っとる可能性があるんは、当時看護師で喜八社長の側におった藤井さんだけですわ。ですが私が直接聞いても拒絶されましてなあ……門前払いですわ」

鳴川は岩田を軽く睨んだ。そうか、岩田がここまで来た理由がやっとわかった。藤井から話を聞きだせと言うのだ。鳴川だったら聞きだせると思って。こちらが気づいたことを察知したようで、岩田はペコリと頭を下げた。

「私ももう、翔子さんに疑いを向けるのは心苦しいんですわ。どうですかな、鳴川さん……藤井さんに聞いてもらえませんやろか」

あまりにも厚かましい願いだ。こちらには何のメリットもない。鳴川の逮捕を見合わせるなどというエサもつけてこない。無条件で警察に協力しろというのだ。だがそれでも不思議と自分は協力する気になっていた。真実が知りたい。本当に小寺沢が長山を殺したのならそれを暴きたい。翔子の疑いは完全に晴れるだろう。小寺沢などどうでもいい。翔子に少しでも幸せになってもらいたいのだ。

「わかりました……」

鳴川は小さくうなずいた。

「ちょ……ええんか、鳴やん」

萌の言葉に鳴川はええよと答える。岩田はにっこりと微笑んだ。

「ありがとうございます。お礼のしるしですわ、鳴川さん、一杯どうぞ」

微笑むと、鳴川はその酒を受けた。

岩田は呑んでいてすぐに頬が赤くなっていく。思ったより酒に弱いように思えるが、目は酔っている感じではない。決して呑みつぶれないタイプだ。岩田はしばらく呑むと、お勘定と言って立ち上がった。財布を取り出して金を払うと、暖簾《のれん》をくぐった。ただ出ていく手前で立ち止まり、いい店ですなと微笑んだ。

「明日は昼過ぎから、土砂降りになるそうですわ」

「そうですか」

「鳴川さん、あんた損な性格ですな……いつも他人のためだけに動いて自分は置き去り。ですがお天道様はきっと見ていてくれると思います。いつかええことがあるやろって思います」

鳴川は下唇を軽く嚙んだ。横で萌は茶トラの子猫を抱きかかえていた。岩田の姿が夢前川の駅の方へ消えていくのを萌と二人、ただじっと見送っていた。


翌日は土曜日だった。空を見上げると、今にも泣き出しそうな黒い雲が広がっている。まだ雨は降っていない。鳴川は軽トラにキーを差し込んだ。午後一時過ぎ。客のいない間に店を出た。今は仕事など手につかない。きっと事態は切迫している。近いうちに何かが起こるのだ。岩田には本当に全てが見えているのだろうか。

トラックの荷台には傘が積んである。昨日の晩はきれいな月だったのに、今日は午後から大雨という予報だ。すでに冬のように秋風は冷たく、防寒用に黒のジャケットを着てきた。電線にはカラスが数羽とまっていて、もがり笛が鳴っている。夢前川にかかる京見《きょうみ》橋へ行く途中には墓地があり、お地蔵さんに手編みのニット帽がかぶせられていた。おそらく少し前にお地蔵さん寒そうやと言っていた萌の犯行だろう。

やがて軽トラは京見橋を東へ渡った。曇天だが土曜日ということもあり、サイクリングを楽しむ人々が何人か見えた。これから鳴川が向かうところは夢前町《ゆめさきちょう》というところだ。夢前町は名前の通り、夢前川のずっと上流にある。ここに会いたい人物がいる。元看護師の藤井清子がショートステイしているのだ。昨日岩田と約束をした。藤井から、喜八社長が小寺沢に言った言葉を聞き出すと。その約束に従って鳴川は動いている。どうしてなのだろう。本来なら恐れるべき敵であるはずなのに、自分は不思議と岩田を信頼している。

軽トラは六十七号線を北へとひたすら上った。書写山を横目に夢前川を上流へと進む。初めて来るので少し迷ったが、一時間近く走って目的地についた。夢前町の新庄《しんじょう》というところだ。大きな建物が見える。白く高い塀に囲まれた建物だ。中にはガーデニングがほどこされていていくつもの花が咲いている。ここが藤井のショートステイ先の夢前園だ。

受付で話をすると、鳴川は夢前園を見渡した。高級ホテルのように広く綺麗《きれい》な施設で、老人たちが談笑していた。やがて事務員に連れられて藤井がやってきた。ドロシーという柴犬を連れている。

「あらどうしたのよ、鳴やん」

鳴川は微笑むと藤井をテラスの方へと誘った。二人はテラスに置かれた椅子に腰掛ける。ここなら誰にも聞かれることはあるまい。

藤井はドロシーの頭を撫《な》でた。

「事件のことのようね、鳴やん」

鳴川はええと首を縦に振った。正直にこれまでのことを藤井に告げた。しらさぎBANK理事長、小寺沢義彦が犯人だと岩田は断定した。そして喜八社長が小寺沢に遺言を残したのではないか。それを聞きだせと言われていることまで告げた。駆け引きのようなものは自分にはできない。

藤井は少しだけ間を空けてから答えた。

「気付いちゃったようね、あの岩田って刑事」

「藤井さん、知っとることを話してくれへんですか。頼みます！　俺は翔子ちゃんを守りたい。小寺沢は何をやろうとしとるんですか」

強い口調に、藤井は話を聞き終わると、わかったわ……とため息混じりにうなずいた。

「鳴やんにだったらいいわね。喜八社長は急に病気が悪化して亡くなったんだけど、実は亡くなる直前、遺言を頼まれていた人がいたのよ。それが小寺沢義彦だった。あたしは看護師だったから、近くでその遺言を聞いていたの。全部を聞いたわけじゃないけど……」

「どんなことを言わはったんですか」

「あたしもよく聞き取れなかったけど、喜八社長は溶接場に何かを埋めたみたいね。そのことを小寺沢さんに話していたわ。翔子には言わんように頼むって。でも想像はつくわ。バブルの頃、弓岡製鎖工業は莫大《ばくだい》な利益を上げていたのよ。でも知っての通り喜八社長は贅沢《ぜいたく》とは無縁の人だった。だから一時期噂が立っていたのよ」

「噂……どんな噂なんです？」

「喜八社長が数億の財産を金塊にしてどこかに隠しているっていう噂よ。石井《いしい》一樹《かずき》っているでしょ？　彼なんか信じ込んじゃって借金の際、翔子ちゃんに社長が何億か遺《のこ》しとるんやろ、貸してくれやって頼みに来ていたわ。翔子ちゃんは知るはずもないから断っていたけど」

藤井は遺言について直接話しているわけではない。だが少しずつ話が見えてきている。なるほど、長山は石井からこの噂を聞いていたということか。そして小寺沢は……いや、そうか……。

しばらく興奮が抑えられなかった。何も聞こえない。目の奥が熱かった。

「小寺沢さんは悪い人じゃないのよ。きっと自分のために金塊を掘りだそうとしているんじゃない。翔子ちゃんのためよ。だって彼は翔子ちゃんに内緒で返済のために必死で貸すお金を工面していたんだから。でも数千万足りなかった。鳴やん、小寺沢さんに伝えてあげて。鳴やんやあたしもそうだけど、山崎さんや信子ちゃん、浅尾くんが中心になって全部で三千万以上集めてくれたって。全部連帯保証人なしのお金だって。小寺沢さんは本当はいい人なのよ。信子ちゃんにしらさぎＢＡＮＫを紹介したのもあたし」

うなずくと鳴川は任しときと言って立ち上がった。

施設を出ると鳴川は軽トラに飛び乗った。慌ててキーを回す。車を出した。戻ろう夢前川に。もうここに用はない。岩田はすでに動いている。鳴川からの報告など岩田にとっては確認事項。本当は奴はもう推理し、確信している。事態はきっと一刻一秒を争うことになるだろう。今は少しでも早く夢前川に戻ること……いや、先に電話しておくべきだ。

鳴川は携帯を取り出した。かける先は小寺沢だ。なんとかしてやつを止めたい。ちゃんと説明すれば止められる。しらさぎＢＡＮＫにかけるが、留守電だ。いない。それなら次は翔子だ。

「はい、弓岡ですが」

すぐに翔子は出た。幸い声に動揺はない。まだ何も起こってはいないようだ。だが自分の推理が正しければ、すぐにでも事態は大きく展開する。雨は近い。

「今大丈夫か、翔子ちゃん」

問いかけると、翔子は少し言い淀《よど》んだ。

「鳴やん、今、工場におるんや。刑事さんたちも一緒に」

刑事が……ただまだ間に合う可能性もある。

「翔子ちゃん、刑事たちは隠れているんやないか。君に協力を申し出たんやろ」

「うん、せやねん……どないしたんやろ」

予想どおりだ。

「時間がないから端的に説明するわ。君は最近、工場に誰かが侵入していると言うとったやろ？　刑事たちはきっと殺人犯である小寺沢を待っとるんや。今日また工場に現れると読んどる。そこを確保するつもりや。その読みは俺も同じ。翔子ちゃん、俺も今から工場に向かうよって」

通話を切る。ほぼ同時にアクセルペダルを強く踏んだ。

六十七号線を夢前川に向けて進む途中、雨が降ってきた。

しばらくして携帯が鳴る。翔子からかと思ったが違う。萌からだ。しつこいので信号で停まったときに取ると、萌は怒鳴っていた。

「店勝手に閉めてどこへ行っとんのや、鳴やん」

萌は昨日、岩田との会話を聞いていた。どうせ黙っていても伝わってしまう。それなら言ってしまえと思って説明した。

「そういうわけや、今から弓岡製鎖工業へ行く」

「そうなん？　ウチも行くわ」

通話は切れた。少し後悔があった。萌が余計なことをしなければいいが。

軽トラは時速七十キロでも苦しそうだった。だが鳴川は途中、百キロまで速度を上げた。悲鳴のような金属音が聞こえる。もう少しだけ頑張ってくれ。壊れずに工場まで運んで欲しい。小寺沢はきっと翔子を守る為に動いている。殺人の動機もそうだ。気持ちはよく分かる。だがそれがかえって翔子を苦しめることになると気づいていない。

小寺沢よ、お前はそこに刑事が待ち構えていることなど知らないだろう。お前のやるそんな方法では翔子を救えない。岩田刑事もそうだ。人の情を解する優れた刑事だとは思う。それでも岩田にはおそらく小寺沢の意図は完全にはわかるまい。岩田も真実にせまるつもりで結果、翔子を苦しめることになるだろう。

「そやけど……俺はちゃうんや」

鳴川はつぶやくと強くハンドルを握った。

その時、こらえていた雨雲が一気に雨をぶち撒《ま》けた。

他の車が軒並み速度を落とす中、逆に鳴川はさらにスピードを上げた。雨が強く、ワイパー速度を最大にまで上げた。邪魔だ、雨も人も邪魔をしないで欲しい。早く工場まで行かせて欲しい。今日逮捕されてもおかしくない身の上だが、その前に死んでも翔子を守ってみせる。自分にしかこれはできないことだ。

――そうや俺しかおらん。翔子を守ってやれるのは俺だけや。

2

わずかに雨の降り出しが遅れただけで、全ては予定通り動いていた。

窓の外に見えるのは駐輪場、だがほとんど自転車は停まっていない。チューブの剝《む》き出しになったボロボロの自転車があるだけだ。駐輪場の入口にある錆《さ》びたチェーンが雨を弾《はじ》いている。その向こうには作業場が見える。溶接場だ。だが全く動いてはいない。そのさらに向こうには夢前川が見え、小型船が何艘《そう》か停泊している。午後二時半。降り出した雨の中、弓岡製鎖工業は静かに時を刻んでいた。万全の準備を整え、訪問者を待ち構えている。

準規《じゅんき》が今いるのは事務所の社長室だ。

デスクや社長椅子など中の物はほとんど売りにだされ、何も無い空間になっている。債務弁済に使われたらしいが、翔子の話では二束三文にしかならなかったそうだ。社長室には明かりは点っていない。準規の他にいるのは二人、岩田が腕を組みながら壁にもたれていて、翔子がうつむきながらピンク色のスマホをいじっている。

工場内には他にも数名、警察官が待機している。いずれも私服、事務所近くに一人、溶接場に一人、塗装場に一人が応援要請でやってきた。岩田の知り合いで有能なベテランらしい。気配を殺しながら来るべきときに備えて待ち構えている。

今日、準規は長山殺しの犯人が隠れているところに乗り込むのかと思っていた。だが岩田が向かったのはこの弓岡製鎖工業だった。ここに殺人犯、侵入者がやって来るという。本当だろうか？　仮にそうでもどうして隠れている場所に直接乗り込まないのか、よくわからない。岩田の考えていることは理解不能だ。

準規は壁にもたれかかっている岩田に視線をやった。目を閉じ、じっと動かずに獲物が網にかかるのを待っている。横目で翔子を見ると、彼女は相変わらずうつむきながらスマホを気にしていた。窓からは播磨灘《はりまなだ》に注ぐ夢前川が見える。人影はないが、川の手前の道をさっきから材木を積んだ大型トラックが行き来している。近くに小さな建設会社があってそこに搬入しているのだ。貧乏暇なしと言えば失礼だが、休日なのにご苦労なことだ。

しばらくして翔子が近寄ってきた。

準規にだけ話がある様子だ。思えば翔子が昨日聞かせてくれた話は、今までで一番衝撃的だった。兄貴が生きている。殺人犯として――こんなこと、考えもしなかった。翔子が鳴川でなく自分に相談したのは、きっと鳴川にとって兄貴は借金を踏み倒して逃げた相手だからだ。しかも兄が殺人犯だということがバレれば、警察にはいられなくなる。だから誰にも言うまいという計算があるのかもしれない。

兄、篤志はどうしようもない男だった。子供のころから万引きや喧嘩《けんか》を繰り返し、母に迷惑をかけていた。そのくせ刑事になるとうそぶいていた。勉強が嫌いで準規に宿題をやらせ、自分は遊び歩いていた。女にはもてた。準規とは対照的に明るく、口もうまい。確かに独特の優しさのようなものがあって、兄貴に頼まれると男の自分でさえついい応じてしまう。女ならなおさらだろう。女どもはきっと兄貴の外面だけを見ていたのだ。自分はそんな兄貴を妬《ねた》ましく思っていた。

大人になってからも同じだ。いわゆる女のヒモになって生活し、自分が格好をつけるためにお袋に金をせびりに来ていた。お袋が死ぬと準規のところにも来た。そしてついに十四年前、借金を残し姿を消した。本当に迷惑ばかり……だから仮に兄貴が生きていても嬉《うれ》しいなどとは思わない。

二人は岩田から逃げるように社長室を出た。廊下を少し進むと、模型の船が展示されている部屋に入った。

「篤志さんを逮捕するんですか」

それが翔子の第一声だった。あまりにも単刀直入な問いだ。

「岩田刑事が説明したでしょう？　犯人は小寺沢義彦です」

「準規さん、本気でそう思ってるんですか！」

強い口調に準規は押し黙った。確かに岩田の推理は当たっている可能性が高い。理詰めで、到底覆せないほどのものがある。一方、準規と翔子が持つ証拠は弱い。だいたい兄貴が翔子の窮地に十四年ぶりに帰ってきて救おうとするなど非現実的だ。

大声を出した翔子は一度、社長室の方を向いた。少し声のボリュームを落とす。

「篤志さんが工場にいた頃、彼には好きな人がいました。今、風俗店に勤めている近藤《こんどう》信子《のぶこ》さんです。彼は信子さんの借金を返すために借金をしていたみたい。失踪《しっそう》してから彼女に聞いたんです」

それは知らない事実だった。兄貴が人のために……信じられない。

「お願いや、篤志さんを逮捕して」

「逮捕？　いいのか」

「ええ、みんなわかってくれる。それより心配なのは篤志さんが自棄《やけ》を起こして自殺でもすること。そうならへんために準規さん、どうか無事に篤志さんを逮捕して。逮捕することで結び直すんや。あなたたち兄弟の絆《きずな》を」

それから沈黙が流れた。翔子は少し目を潤ませているようだ。その真剣な眼差しに耐えきれずに準規は船の模型を見た。立派なアンカーチェーンがついていて黒光りしていた。ただあまりここに長居するわけにもいかず、二人は部屋を出た。

考えてみれば兄貴が殺人犯として逮捕されれば自分は終わりだ。全てを失ってしまうだろう。警察を辞めるだけで済むはずがない。妻の千春《ちはる》は昔から兄貴がどんなにだらしない人間でも関係ないと言ってくれていた。だがさすがに殺人犯では思いも違うだろう。千春の両親などはなおさらだ。自分を親の敵のように忌み嫌うはずだ。せっかく少しはいい関係になりつつあったのにすべておじゃんだ。そして一番問題なのは娘の聖菜《せいな》だ。今はまだ事態が飲み込めないだろうがきっと将来、色々と不都合が出てくるだろう。

ダメだ……失いたくない。自分はなんのためにここまで努力してきたんだ？　生活保護を受ける家庭から努力でのし上がり、やっと刑事としてやっていける自信もつきつつある。来年には息子も生まれる。誇れる父として息子とキャッチボールがしたい。それが夢だった。その夢が手前で、こんな形で終わらされてたまるものか。

「やっと雨が降ってきよったな」

いつの間にか、横に岩田がいた。

「これからとりあえず決着やが、心の準備はええか」

準規ははいと応じた。それは肯定なのか疑問なのか自分でも曖昧《あいまい》な返事だった。どうしてこんなことを岩田は言い出すのか。何となく岩田らしくない。

「お前さんの兄貴、ここで働いとったんやなあ」

それも岩田らしくない言い方だった。いつもならこんな状況で出てくる言葉ではない。

「部署はどこやったんや」

「それは、確か溶接場だと聞きましたが」

「さよか、熱いとこやな」

岩田は会った直後から失踪した兄貴のことをよく知っていた。調べてくれていたらしい。弟である準規がすでにあきらめていたのに、岩田は兄貴を真剣になって追ってくれていた。だが今更どうして兄貴のことを？　顔を上げると、岩田の細い目に光が宿っていた。

「池内、お前も外で見てこい。門のところや」

外に出ると、雨はさらに激しさを増していた。

豪雨と呼べるかもしれない。工場内に敷き詰められた敷鉄板を雨が叩《たた》いている。飛沫《しぶき》が高く跳ね上がり、排水口を赤茶色に濁った水が流れていった。準規は正門近くにある古い小さな作業場横から外をうかがった。まだ動きはない。近くの材木会社にトラックがよく出入りしていくくらいだ。雨の中、吐く息が白い。準規は手に息を吐きかけつつ、訪問者をじっと待った。

鉄の板に撥《は》ねる飛沫がズボンに吸収され、寒気が忍び寄ってきた。

「どうや、池内……動きはないか」

背後から岩田が声をかけてきた。

「ちゃんと見とけよ、気づかれんように」

準規ははい、とうなずいた。

「さっき弓岡翔子にかかった電話、あれは鳴川からやった」

そういえばさっき翔子に電話があった。だがそれがどうしたというのだろう。こんなときに岩田が無意味なことを言うとは思えない。

「鳴川仁《じん》、あの男も色々考えとるようやな。弓岡翔子を守るために必死で動いとる。あんなこと普通はできん。情に篤《あつ》いええ男やて思うわ」

「ええ、死体遺棄犯に同情したらダメかもしれませんが」

「死体遺棄いうても、身勝手な普通の死体遺棄とは事情が違うわ。ホンマに熱い男や。意外と頭も切れる。そやけど鈍いところもあるようやな」

そうなんですかと準規は応じる。

「ああ、鳴川は今日、夢前園に藤井清子を訪ねに行ったんやろ。こっちがそうしてくれって頼んだよってな。そこで藤井に色々聞かされ、さっき電話してきたようや。どうせ事件の謎も解けたやろ。けど全てはわかっとらんのや」

「どういう意味ですか」

「いや、どうでもええこと言うたようやな」

岩田はそれ以上語らずに背を向けた。工場の事務所に戻っていく。やはりどこかおかしい。準規は去っていく岩田の少し濡《ぬ》れた背を見つめ続けていた。

それから十五分ほどが経った。

雨はやむ気配などなく、敷き詰められた敷鉄板を叩いている。ふと塀の向こうを見ると、夢前川沿いをクローラークレーンが通って行くのが見えた。利庵の軽トラのように小さいが、荷台にクレーンが付いている。さっきから近くの建設会社に木材を積んだトラックが何度も出入りしているのでその関係だと思った。だがどういうわけかクレーンは弓岡製鎖工業の手前で停まった。

やがて誰かが降りてきた。黄色い雨合羽《あまガッパ》を着た人影が見える。しばらく様子をうかがっていたが、やがておもむろに門によじ登りはじめた。雨合羽のせいでまるで顔は見えないが、鳴川ではないだろう。侵入者は雨合羽のせいか、かなり侵入に手間取っている。だがやっと門を乗り越えると着地した。足場が悪かったのか、転んだ。

準規は侵入者を凝視した。立ち上がった雨合羽の人物の顔は見えなかった。侵入者は門の鍵《かぎ》を内側から開け、門を全開にした。やがてその人物はクレーンに乗り込み、敷地内に入ってきた。クレーンは雨の中、工場内の鉄板を踏みしめながらこちらに向かってくる。正面から堂々とやってくるとは……岩田の予想はやはり当たった。準規は慌てて携帯を取り出した。

「班長、来ました。クレーンです」

抑えた準規の声に、岩田はそうかと小さく応じた。

「まだ動くなよ、池内……引き続き、見はっとれ」

クレーンはやがて溶接場手前で一度停止した。だが誰も降りて来ない。準規は唾《つば》を飲み込む。雨音が溶接場の屋根を叩き、突き抜けそうなほどに激しい音がする。二分ほど時が流れた。運転席の扉が開く。そして雨合羽を着た人影が降りてきた。身長は百七十半ばで準規と同じくらい。まず男だろう。だが合羽のせいで顔はよくわからない。

侵入者は地面を蹴《け》った。だが敷鉄板は頑丈でびくともしない。当たり前だ。この上を千六百メートルの巨大アンカーチェーンが引きずられていくのだから。やがて侵入者は蹴るのを止めて溶接場奥に向かった。そこには上から錆《さ》びた鎖がぶら下がっている。アンカーチェーンほどではないが大きめの鎖だ。侵入者はその錆びた鎖を見上げていたが、鎖の横にある螺旋《らせん》状の階段を上っていった。上まで行ってから溶接場を見下ろした。

そのまましばらく時が流れた。侵入者は何をしたいのだろうか？　準規は携帯で岩田に連絡を取る。岩田はすぐに出た。雨音のおかげで侵入者には聞こえないだろうが、念のために小声で会話する。準規は状況を説明した。

「そういうわけで侵入者は今じっとしています。上から何を見ているのか知りませんが、どういうわけか動く気配がありません」

「すぐ行く。そのまま監視しとけ」

通話は切れた。準規は言われたとおりに監視を続ける。やがて侵入者は螺旋階段を下りてきて、溶接場内をうろつき始めた。鉄板を気にしている。どうするつもりだろう？　敷鉄板は一枚が相当大きく、重さは一トンを超える。これを剝《は》がすつもりなのだろうか。侵入者は敷かれた鉄板にフックを取り付けていた。

何をするつもりなのか？　その問いはいつの間にか消えている。準規には今クレーンに乗り込んだ人物が誰なのか……それだけが重要だった。小寺沢なのか兄貴なのかどっちだ？　やがて大きな音がした。クレーンは軽々と敷鉄板を持ち上げていく。クレーンが横に移動し、鉄板は錆びたアンカーチェーンの墓場のようなところに置かれた。クレーンは同じように鉄板を移動させていく。この溶接場に敷き詰められた鉄板をすべて剝ぎ取りたいようだ。

その時初めて準規は侵入者の意図に想いを馳《は》せた。以前彼はここに入り込んだが、敷鉄板を動かすことができずに退散したのだろう。あれだけの大きさの鉄板だ。一人や二人では簡単には動かせない。だからこうして外からクレーンをもちこむ以外に方法がなかったのだ。そして音の聞こえにくいこの雨の日を選んで決行した。そういうことだろう。

振り返ると、いつの間にか背後には岩田がいた。

「何がしたいんでしょうか？　あそこに何が」

準規が発した問いに岩田は答えることなく何かにとりつかれたように侵入者の作業を凝視していた。

「侵入罪でもう奴を確保できますが」

重ねた問いに岩田は無反応だったが、しばらくしてからこちらを向くことなく池内、と小さく言った。

「事件のすべては見えた。そやけどどうしても腑《ふ》に落ちんことがあってな」

敗軍の将のようなセリフだった。だが結局何をするかは分からなくとも、こうして完全に包囲されているわけで犯人は負けたのだ。今岩田が確保の指示を出せばもう逃げ道などない。

「というより、侵入者が何をやるか？　これを確かめたいが為にこうしてやって来たんや。鉄板の下を掘り返すことは当たった。そして推理が当たるなら……」

岩田は口を閉ざしてかぶりを振る。岩田はすべてを洞察しているように思えたが、そうではないようだ。そういえば岩田のこんな表情は初めて見る。動いていないのに岩田の額には汗が滲《にじ》み、滴となって頰を伝い落ちていく。もうすぐ全てが終わるのは間違いない。だがどうしてこんなに焦っているのだろう。

——ひょっとして岩田の推理は間違っているのではないか。

岩田に言っていないことがあった。それは鳴川に送られた現金三十三万円、そして弓岡翔子から見せられた野路菊の首飾りのことだ。もやい結びの首飾り。兄貴が犯人であるという証拠。あの首飾りについて準規は岩田に話していない。確かにこれは裁判においてはまるで意味のないような証拠だろう。だが細かいことを重視する岩田にとってこれは重要なことなのかもしれない。自分がこの証拠を隠していることが岩田の揺らぎに繋《つな》がっているとしたら……。

雨音とクレーンの作業音の中、しばらく時間が流れた。敷き詰められていた鉄板はあらかたはぎ取られ、溶接場内には土の地面がむき出しになっている。そんな中、工場内にあったショベルカーが動き始めた。侵入者は地面を掘り返すようだ。ここに何があるというんだろう。準規は叫び出したい想いをぐっとこらえた。

ショベルカーは鉄板が外された地面を掘り返していった。その作業は手馴《てな》れたものだ。ただどこか慎重にやっているように思う。岩田と準規はその様子を黙って眺めた。穴はどんどん深く、広範囲に亘《わた》っていく。だが何も出てこない。

犯人がやりたいことは何だ？　まるでわからないが、これまでのことから考えるなら一点に集約されている。つまり翔子を守るという一点だ。ここは近い内にサービサーに明け渡し、彼らの所有物件となる予定だ。ここに埋蔵されているものもきっとサービサーの物になる。そうはさせないということか。普通に考えれば金塊など金銭的価値の高いものだろう。それを翔子に贈りたいのだ。あるいはそんな大層なものでなく、思い出の何かかもしれない。

準規は何気なく窓の向こう、夢前川に停泊する船を見た。その小型船は白いロープで頑丈に柱に結び付けられている。準規の視線は正確には船にない。そのロープにあった。もやい結び……こんなことがすべてをくつがえすのだろうか。岩田はどんな些細《ささい》なことでも疑問があれば絶対に言えといつも言っている。自分はそれを無視した。

「なあ池内……覚えとるか？　前にここに来たとき、弓岡翔子に訊《たず》ねたことを。何故浅尾を疑っていたのに今はそう思わないのかと。彼女はよう答えられんかった。たぶん何かがあったんや。あの理由がわかればよかったんやが、あの様子では追及しても言わんかったやろ」

岩田は汗と雨で濡れていた。準規ははっとした。そうか、あのとき翔子は花の首飾りを受け取った。つまり兄貴が犯人だと思ったから浅尾が犯人でないと思ったんだ。なんてことだ……岩田は準規と同じく窓の外、夢前川に停泊する船を見やった。

「お前、以前ラーメン屋で情の鎖って言うたなあ……あの時は感心したが、もやい綱の方がええかもしれん」

準規は目を大きく開いた。雨に濡《ぬ》れた指の先が微《かす》かに震えている。さっき翔子は兄貴を逮捕すべきと言った。だが準規は冷ややかだった。兄貴と自分を結ぶのはもやい綱などではなく手錠だ。兄貴という言葉がかすかに漏れた。

「すみませんでした……班長」

準規はつぶやいた。雨の音に紛れて岩田は気付かない。準規は顔を上げる。作業をする雨合羽《あまガッパ》の人物を見上げた。そうだ、ここに何があるのかは知らない。だが仮に何かが埋まっているならそんなものは掘り返せばいいだけだろう。それより確保だ。奴が兄貴であるなら自分が絶対に捕まえる。これが最後の仕事になろうが構わない。生きていてくれたことを喜べばいい。準規は敷鉄板を踏みしめ、その人物に駆け寄った。

「あほう、まだ早いわ!」

背後から岩田の声が聞こえる。だが準規は無視した。雨合羽を着た人物に向かう。その男は目を見開きながら、何かを言ったように思う。だが言葉は聞こえない。

「兄貴、もう終わりだ!」

「もうやめろや、小寺沢!」

ほぼ同時に叫び声がした。雨にかき消されることなく溶接場内に響く。だが片方のそれは準規のものではない。背後からのものだ。

準規は聞き覚えのあるその声に足を止めると振り返った。

そこにいたのは鳴川だった。後ろには翔子ともう一人、利庵で働く萌という店員もいる。

鳴川はゆっくりとこちらに近づいてくる。走ってきたようで少し息が切れていた。溶接場には岩田以下、数名の警察官が姿を見せて取り囲んでいる。自分のせいで気づかれたからだ。誰も何も言葉を発することなく、規則的に屋根に刻む雨音だけが聞こえる。

その中で雨合羽の人物は、静かに合羽のフードを取った。

弓岡製鎖工業の溶接場にはしばらく沈黙が流れた。準規は目の前の人物を黙って見つめた。そこにあるのは準規とよく似た兄貴の顔ではない。ヒゲを生やした四十前後の男の顔だった。違う……準規はそう思った。鳴川は目の前の人物を指差した。

「こいつは小寺沢義彦、長山殺しの犯人や」

男は黙っていた。小寺沢義彦はしらさぎBANK理事長だ。犯人は奴だと岩田がさっき説明してくれた。兄貴だと思った自分の推理は外れ、岩田の推理は当たった。私服警察官がやって来て、小寺沢を取り囲んだ。取りあえずは侵入罪の現行犯というところか。

鳴川は小寺沢に向かって話しかけた。

「そこには以前、確かに金塊が埋められとったよ。翔子ちゃんへの遺産にするために社長が埋めた物や。小寺沢さん、あんたも喜八社長からそう聞いたんやろ？」

金塊……鳴川が発した言葉を準規はなぞった。横の岩田を見ると、小寺沢に視線を送っていた。その小寺沢は呆然と鳴川を見つめていた。

「そやろ、ちゃうんか」

「鳴川さん、ないんですか……ここには本当に何も」

鳴川は首を大きく縦に振った。

「ああ、間違いあらへん。十四年前に社長に言われて俺が掘り返したよってな。あんたは知らへんやろうが」

小寺沢は脱力したようにその場にへたり込んだ。

「馬鹿みたいですね、こんなに頑張って掘って」

溶接場内に再び沈黙が流れた。雨は小止みになっているように思えた。鳴川は小寺沢を黙って見つめていたが、やがて声をかけた。

「小寺沢さん……俺には事件のこと、全てわかっとるよって」

鳴川の言葉に、小寺沢は反応しなかった。

「あんたは長山と金のことでもめとったんやろ？　あんたは長山に金を返そうとした。そやけどとても満額には届かん。そこで長山は言い出したんや、喜八社長が埋めた金塊のことを。長山は石井から噂ではあるが金塊のことを聞いた。一方あんたは喜八社長から直接聞いていて知っとった。あんたは長山に金を返すためにあの日、掘り返そうとしたんや。そやけどあの金塊は喜八社長が翔子ちゃんのために遺《のこ》したもんや。絶対に使いたくなかったんとちゃうか？　そういう思いが溢《あふ》れてきて争いになった……」

鳴川のセリフに小寺沢はふっと笑った。

「よくわかりましたね、鳴川さん」

「ああ……ただし小寺沢さんよ、あんたが返そうとした金、それは自分の借金やない。翔子ちゃんの連帯保証債務やったんやろ」

小寺沢は何も言わず、苦笑いを浮かべた。それはきっと事実なのだろう。鳴川の横の萌と翔子は驚いた顔をしていた。

準規の横にいた岩田が二歩ほど距離を詰め、問いを発した。

「小寺沢さん、調べさせてもらいましたわ。あんたのしらさぎBANK、かなり経営が苦しいようですな。理想と現実は違うということですかな。連帯保証債務返済には貸せん……やのうて、そもそも貸すお金がなかった。それだけなんですやろ？　本当は弓岡翔子さんにすぐにでも貸したかった。しかしギリギリかき集めて貸せる限界が一億にも届かんかった。そんな金では長山は絶対に納得せんいうことがあんたにはわかっとった」

小寺沢は上唇を噛《か》みしめていた。目が充血し、息が荒くなっている。ああ……絞り出すように言った。

「小寺沢さん、何でや？　何でそこまでしてわたしのために……」

翔子の問いに小寺沢は答えることなく黙っていた。代わりに鳴川が説明した。

「亡くなった喜八社長はホンマに情に篤《あつ》い人やったんや。あの金塊、初めは社長、翔子ちゃんへの遺産として考えとった。そやけど社長は俺をはじめ、困っとるみんなのために自分の金は貸してしまった。連帯保証なんかとらん出世払い。当然無利息……しらさぎBANKの原型がここにあったんや。ただ最後は貸したこと、自分でも忘れてしもうとったようやが」

小寺沢は何度か小さくうなずいた。

「わたしのしらさぎBANKは喜八社長の遺志を継いだつもりで作ったんです。喜八社長は優しかった。あの人はわたしたちが一人前に働けるようになるまで誠心誠意尽くしてくれたんです。何も工場に残ることはない。人にはそれぞれ向き不向きがあるからその道に進んだ方がいい。自分に向いた職業に就いて、一人前になることがワシへの恩返しや……社長はそう言ってくれた。そんな社長の遺志を継ごうとわたしは頑張っていたつもりだった。だがそんなときにあいつが現れた。よりによって社長の一人娘を狙い撃ちにするように……わたしは許せなかった」

「動機の一つは親父さんを追いつめ、死に追いやった長山への復讐《ふくしゅう》ですね」

準規の問いに小寺沢はああ、と応じた。

「ただわたしは親父を殺したのはこの連帯保証人制度だと思っている。こんな制度がなければ親父は死ななくて済んだ。連帯保証人の中にはどうしようもない連中も多い。でもそうじゃないまじめな人もいる。真面目に働いている者、情に篤い者が馬鹿を見るなんて絶対に許せない！」

小寺沢は準規を睨《にら》んでいた。だがその憎しみは当然、準規に向けられたものではない。おそらく両親を死に至らしめた長山へのものでもない。

「刑事さん、これだけは言っておく。俺の両親は翔子ちゃんと同じくらい仕事熱心で真面目だった。だがある日首を吊《つ》った。どんな思いだったと思う？　連帯保証人制度は悪人よりも善人を殺す制度だ。自己責任？　保証人になる方が悪い？　違う！　悪いのは制度そのもの。連帯保証人を責めるならその痛みを知ってからにしろや。痛いんや、苦しいんや。長山はどれだけ痛んでいる？　どれだけ苦しんでいる？　翔子ちゃんに連帯保証債務を負わせて破産した石井鉄鋼の社長なんて遊び暮らしとるやないけ、ふざけんなや！」

小寺沢はまくし立てるとしばらく沈黙する。途中で口調が変わり、息が上がっていた。口元だけに笑みがある。わざと悪ぶっているような笑みだった。

雨は降りやむことなく、規則的に三角屋根を叩《たた》いていた。興奮で麻痺《まひ》していたのか嗅覚《きゅうかく》が戻り、巨大アンカーチェーンの錆《さ》びた臭いが鼻をついた。準規が一度鼻をすすった時、小寺沢は声の音量を上げた。

「こんな制度、ぶち壊してやりたかったんや。連帯保証人制度は崖《がけ》から転落しそうな人を支えるボロボロの命綱……俺はそう呼んで肯定してきた。そやけどもう限界やわ。認められるか！　どれだけ多くの人を泣かせれば気がすむいうねん！」

小寺沢の叫びのあと、再び沈黙が訪れた。溶接場内はしばらく沈黙した。

雨音を聞きながら準規は思った。確かに小寺沢の言うことは正しいのかもしれない。連帯保証人制度は命綱……切るに切れないものだ。理不尽に苦しむ人が多くいても現実にはなくせない。この制度がなければ日本の金融は破綻《はたん》する。小寺沢もわかっていた。その中で連帯保証人制度なしのＮＰＯ法人を作った。きっとそれは連帯保証人制度への復讐だったのだろう。これがきっと奴の真の動機。だがうまくいかなかった。

その時、溶接場内に大きな金属音がこだました。

準規は振り返った。アンカーチェーンの上に敷鉄板がつまれていてそれが崩れたのだ。

その崩れた近くには翔子が立っていた。

「小寺沢さん、あんたアホやわ」

それは静かな口調だった。

「あんたの気持ちは嬉しい。何もそこまでしてって涙がでるくらいにな。けどあんたは結局、ロープで長山を絞め殺したんやろ？　ロープでも鎖でも、綱はそんな使い方するもんやない」

翔子は近くにあったアンカーチェーンを優しく撫でた。

「綱は人と人を結ぶためのもんやで」

小寺沢は翔子の言葉を最後に床にへたりこんだ。

泣いている。そうやなと言ったきり号泣している。その背に岩田が近寄った。少し遅れて準規も近寄った。もうけりはついた。事件は終わったのだ。準規は手錠を取り出すと、侵入罪の現行犯で逮捕することを告げながら小寺沢にかけた。見上げると岩田は優しい顔になっていた。翔子は寂しげな顔で小寺沢を見つめていた。

翔子の借財を拒んだとき、小寺沢はどんな気持ちだったのだろう？　本当は貸したいのに翔子の申し出を拒絶した。そう思うと、こみあげてくる熱い思いがあった。

翔子の目は潤んでいた。口元も何かまだ言いたいように動いている。だが翔子はそれ以上、何も言わなかった。上唇をぐっと強く嚙んで、じっと見送るだけだ。ただ小寺沢に真剣な目を送ると、ゆっくりと礼をする。それは心を込めた、深い一礼に思えた。

小寺沢は翔子を見つめていたが、やがて鳴川に視線を移した。鳴川は黙ってうなずく。だが本当は彼も犯罪者だ。小寺沢のような重い罪ではないが死体遺棄罪の犯人。罪は償わなければいけない。気が重いがいずれ鳴川も逮捕しなければいけない。できるならせめて自分がやろう。

準規が錆びついたアンカーチェーンを見上げたとき、後ろから岩田の声が聞こえた。

「行こか……」

準規ははいと応じると、小寺沢を車に誘《いざな》った。抵抗などない。小寺沢はうつむきながら黙って歩いていく。他の警察官が運転する車に乗り込んだ。

車の外、雨はすでに小降りになっていて雲の切れ目から光がさしてきた。小寺沢を乗せた車内は静かだったが、姫路《ひめじ》署近くになって岩田が問いを発した。

「池内、そういやお前、何で勝手に飛び出した？」

準規は少し間を置いてすみませんと頭を下げた。結果的には迷惑をかけなかったが、責められて当然の行為だ。ただ今、そのことにほとんど後悔はない。準規は複雑な心境だった。正直、勝っているのは安堵《あんど》の思いだ。それはもちろん兄貴が犯人でなかったということ。今考えてみれば何と言うことはない。いつものように自分の推理が外れ、いつものように岩田の推理が当たったというだけだ。一方でどこかに残念な思いもある。どんな形でも兄貴と再会したかったという思いも確かにあるのだ。

「まあええわ、それより……推理はハズレたな」

準規はえっと言った。ハズレ……意味がわからない。ここまで完璧《かんぺき》に岩田は推理を的中させている。どういうことだ？　だがそれ以上、準規には考える気力がなかった。すぐに姫路署が見えてきて、小寺沢を連れた準規は署内へと入った。

3

豪雨とも言える大雨は、夜になると嘘のように上がっていた。

犯人逮捕で姫路署は大騒ぎになっていた。多くの人から恨みを買う不動産業者殺しだ。決して話題性の高い事件ではなかった。それでも一応殺人事件だ。マスコミの姿も見られる。

「それじゃあ鳴川さん、もういいですよ」

女性警察官に言われて鳴川は取調室を出た。聴取は意外とあっけなく終わった。鳴川は駐車場まで来て一度振り返った。暗闇の中、警察署の灯《あか》りは煌々《こうこう》と輝いている。長山の遺体を動かしたことを聞かれるかと思ったのにそれはなかった。

利庵のロゴが入った軽トラに乗り込むと、エンジンを吹かせた。

だが発進させずにそのまましばらく座っていた。

――終わったな、すべて。

そう思うと、どっと疲れが押し寄せてきた。鳴川は今日あったことを思い起こした。小寺沢は殺人犯だ。それなのに同情の念しかわかない。自分が奴だとしてあそこまでできただろうか。

鳴川は軽トラのポケットに手を伸ばした。

取り出したのは『もうひとつの土曜日』のカセットテープだ。これを聴くのは事件の前以来だ。鳴川はデッキに入れて再生ボタンを押す。いつものように曲が流れてきた。

鳴川は目を閉じて、曲を聴くと、様々な思いが湧き起こってきた。

すぐに自分は逮捕されるだろう。そうなれば翔子に顔向けできなくなる。いくら人のためにやったといってもそれは自己満足。さっき翔子が批判した小寺沢と同じことなのだ。岩田は同情してくれているようだが、お目こぼしはできまい。利庵もやっていけなくなるだろう。もうすぐ逮捕が待っている。だがせめて今だけはこの曲に酔わせてほしい。

そう思ったときだった。軽トラの窓ガラスを指で叩く音がした。鳴川ははっとしてそちらを見た。そこには翔子の姿があった。鳴川は慌ててテープの再生を止め、窓ガラスを開ける。言葉を先に発したのは翔子の方だった。

「鳴やんも聴取やったんやな」

その問いに鳴川はああと答える。

「家まで送ってくれへん?」

どことなく恥ずかし気に翔子は言った。断る理由などない。鳴川はええでと親指を突き出すと、彼女を助手席に乗せた。

姫路署から翔子のマンションまでは車ならすぐだ。だがその間、鳴川は黙っていた。翔子も口を閉ざしたままだ。当たり前か……どうしても小寺沢の肩を持ってしまうが、翔子には重い十字架だ。小寺沢が自分のために殺人まで犯したことを、翔子はどう思うのだろうか。嬉《うれ》しいなどと思うはずがない。ずっと背負って行かなければいけない辛いことだ。

「もう工場、完全にやめてしまうんか」

信号で止められたとき、鳴川はそう訊《たず》ねた。すでに夢前川が近く、弓岡製鎖工業の建物も見えてきている。翔子は少しだけ間を置いてから首を横に振った。

「さっき岩田という刑事さんから聞いたんや。小寺沢さんがどうしてもわたしに金を借りて欲しいって言ってるんやて。一億円と少し……連帯保証人なしの無利息で。夢前川のみんなが集めてくれた三千万も加えるとサービサーの言っていた額に届く。小寺沢さんだけじゃなく、みんながお金を集めてくれていたんやな」

翔子の声には明るさがあった。藤井から言われたことを、鳴川は岩田を通じて小寺沢に伝えた。奴も応じてくれたようだ。

「さよか……よかった。小寺沢も喜ぶやろ。俺のもとへ届いた三十三万円も使ってくれ。あれはアイツが必死で集めた金の一部や、使ってやらんとお金さんが悲しむわ」

それは本心だった。翔子はええとうなずいた。それでいい。翔子にはやはり工場が必要だ。夢はまだ壊れてはいない。重い十字架を背負いながらも翔子ならやっていける。

いつかこの弓岡製鎖工業を日本一の工場にするかもしれない。

ただそんな彼女を誰かが支えてやらなければいけない。もう小寺沢には無理だ。石井にも当然無理だし、山崎も父親代わりにはなれても……。

鳴川の思考はそこで止まった。結局俺は自分に都合のいいように考えたいのだろう。俺しか翔子を守れない――そう思って自分を肯定したいだけだ。こんな犯罪者が翔子を支えてやれるはずがない。仮に翔子に手をかしてやれる人間がこの街のどこかにいようと、きっとそれは自分ではないのだ。

――そやけど、この想いをぶつけることは罪やろか。

ふとそう思った。翔子が好きだ。どんなことがあっても一生愛していく覚悟がある。翔子のことを一番想っていても自分にはその資格がないのだろうか。もうすぐ翔子のマンションだ。このまま帰らず少しだけ付き合ってくれと言うことはいけないことだろうか。最初で最後の夜、それで構わない。

「鳴やん、青」

鳴川は前を見た。とっくに信号は変わっている。機を逸したな……鳴川は優柔不断な自分を笑う。想いを引っこめるとクラッチペダルを離した。すぐに翔子のマンションにつき、翔子は軽トラを降りた。

「それじゃあ、ありがとう、鳴やん」

あんなことがあった後なのに翔子は少し笑っている。無理をして笑ったその顔が、せめてものプレゼントのような気がした。

鳴川は車を出した。

——さようなら、翔子ちゃん。

バックミラーに映る翔子を見ながら心の中だけでつぶやいた。


利庵に着いた時、時刻は午後八時を過ぎていた。

休みだが店の前には人影が見える。鳴川は軽トラに積んであった懐中電灯で人影を照らした。萌かと思ったが男だ。

「待っていましたよ、鳴川さん」

そこにいたのは準規だった。わざわざこんなところまで来たのか。

「さっきまでここにアルバイトの子がいて少し話しました。知ってる子でしたよ」

アルバイト？　萌のことだな。

「姫路城近くのボロアパートに住んでいた時、近所にいました。たしか父親が鬼塚《おにづか》建材っていう会社を経営していました。その店から小火《ぼや》が出たことがありましたが、まあ特に負傷者が出たとかそんなこともなかったですね」

「知り合いやったんか」

「ええ、ところで小寺沢のことです。今、岩田刑事がとり調べていますが、意外なことがあるんですよ」

なんのことやと鳴川は問い返した。

「小寺沢はすべての罪を認めました。殺人も。ただあなたに届いたという三十三万円については、まったく心当たりがないそうなんですよ。あと野路菊の首飾りについても」

鳴川は思わず口ごもる。じゃあ誰が？　あの金について小寺沢がしらばくれる意味などない。小寺沢の目的は翔子を守るという一点だ。どういうことなのだろう。

「俺も立ち会いましたが、嘘をついている感じはしませんでしたよ」

それから二人はしばらく沈黙した。

準規は何かを言いたいが言い出し難いような顔だ。準規が伝えたことは意外なことではある。だがこんなことを伝えるためだけにわざわざここまで来るとは思えない。きっと鳴川が犯した死体遺棄罪での逮捕のことだろう。鳴川の罪について岩田はずっと前に気づいている。こいつも当然知っているだろう。ただ切り出し辛《づら》いはずだ。

「鳴川さん、少しだけいいですか」

準規は付いてこいとばかりに歩き始めた。

断る理由などなく、鳴川は了解すると準規の後に続いた。

見上げると夜空には綺麗《きれい》な月がかかっていた。昨日に負けない見事な月だ。準規は工場の方へ向かっていく。すでに雨は上がっているが、あちこちに水たまりができていた。大雨の影響でガードレール越しに見える夢前川の水量もかなり上がっていた。

海の魚がいるなと思った時、携帯が鳴った。

表示は知らない番号になっている。鳴川は出るのをためらった。根拠はない。なんとなく薄気味悪さを感じたからだ。だが結局、鳴川は電話に出た。相手はどういうわけか何も言わなかった。

「もしもし、どちらさん？」

促されて、ようやく通話口から声がした。

「事件は解決したようだな。よかった」

鳴川ははっとした。この声には聞き覚えがある。けんか祭りの日、かけてきた犯人の声だ。だが小寺沢義彦は今、警察にいる。かけてこられるはずはない。あれは小寺沢ではなかったのか？　準規は立ち止まると、どうしたのかとこちらを見ていた。

「誰や……お前？」

問いにその声は笑った。急に口調が変わった。

「おい、わからへんのか……あんなにヒントやったのに」

その喋《しゃべ》り方はどこかで聞いたものだ。最近ではない。ずっと前のことだ。

「鳴川、親友の声も覚えとらへんのか」

「親友？」

「池内や、池内篤志。帰って来たんや」

心臓が一度大きく脈を打ったように感じた。

「池内やと！　そんなアホなことがあるか！」

その叫び声に準規ははっとしてこちらを見た。

通話口からはさらに声が聞こえる。

「おい鳴川、お前自首するつもりなんか」

問いかけに鳴川は言い淀《よど》んだ。

「どうなんや、はっきり言えや！」

重ねて訊《き》いてきたので、つぶやくように答えた。

「ああ、そうや」

「このままでええと思っとるんか」

問いに鳴川は何のことや？　そう問い返した。

「翔子ちゃんのことや。可哀想やろ。本気で一人でやっていけると思っとんのか。お前やなかったら誰が彼女を支えていくいうんや？　想いを隠して身を引くのが男……みたいに格好つけて逃げる気なんとちゃうんやろな」

問い返したかったが言葉を飲み込んだ。おそらく通話口からの声は準規には聞こえていない。さっき振り向いたのは鳴川が叫んだからだ。鳴川は準規に聞こえないように距離を取る。準規は背を向けてうつむいていた。鳴川はその時閃《ひらめ》いた。なんということだ。ここに来てやっと全てが見えた。自分は間違っていた。池内……そうか、こういうことだったのか。

「よう考えてみい、鳴川！」

そこで通話は切れた。準規は通話の終わったのを確認して歩き始めている。何の電話かなど訊かなかった。今、鳴川は意外と冷静だった。まだ事件は終わってはいない。とはいえもう謎は何もない。今度こそようやく長かった戦いに本当の終止符が打たれるだろう。池内……鳴川はかつての友の名を小さくつぶやいた。

準規の後を追うように夢前川の堤防を歩くと、やがて錆《さ》びたガードレールが見えてきた。

鳴川はそこで歩みを止めた。この近くの林の中には公園がある。横には墓地があって、ピンク色のニット帽をかぶったお洒落《しゃれ》なお地蔵さんの姿も見えた。準規は萌がかぶせたその帽子を一度見てから階段を上がっていく。ここで話をしようというのか。

公園は昼なお暗きという場所にある。夜なので当然暗い。とはいえ月が綺麗で遊具などは比較的よく見える。鳴川は懐中電灯で辺りを照らした。すべり台のパンダの顔が少し不気味に浮かんでいる。

準規は足を止め、鳴川の方を振り返った。

「意外な犯人でしたね……いえ、すこし考えれば簡単でしたか」

鳴川が答えずにいると、準規はすぐに言葉を続けた。

「小寺沢の証言によると、予想以上に抵抗が激しく、小寺沢はやむを得ずに近くにあったスタッドで殴りつけなければいけなかったようです。それが突破口になりました。工場の作業員ならロープやスタッドに指紋があってもそれほど不自然ではないでしょう。ですが彼は部外者ですから決定的な証拠になります。後は浅尾昌巳の証言ですね。彼が何かが埋まっていると言った後、岩田刑事はすぐに小寺沢までたどり着いていましたよ」

話を聞き終わると、鳴川はため息をついた。

「なるほど……それでは勝てんわな。俺は今まで二度、小寺沢に会った。けど昨日まで嫌な奴、偽善者としか思わんかったわ。プロの刑事とどろ焼き探偵の差や」

そうですかと準規は応じた。

「鳴川さん、俺は人の情を解さない奴だと思われています。でも今日は不謹慎ながら感動しましたよ。あそこまで人は他人のためにやれるんだなって。岩田刑事が言っていました。小寺沢の想いは届いている。だから絶対に悪いようにはしないって……」

鳴川はそうか、と応じて口を閉ざした。岩田公平《こうへい》。あの刑事は敵に回すと本当に恐ろしい。だが味方につければこれほど頼もしい相手もいない。

「あの人はとっつきにくいようでいい人ですよ」

鳴川はそうやなと言った。ベンチに座ると、夜空を見上げた。

「それで俺に何の用や」

準規は真似をするように空を仰いでから、懐中電灯で公園の奥を照らす。ひっそりと白く小さな花が咲いていた。

「この花、野路菊っていうらしいですね」

「それがどうした？　話をそらすな」

やや喧嘩腰《けんかごし》の鳴川に、準規は静かに対応した。

「さっき言ったでしょう？　野路菊の首飾りのことです。あの首飾りと現金三十三万円、小寺沢は知らないと言っているんですよ。誰が送ったと思いますか」

「さあな……言えることは俺やないいうことくらいや。翔子ちゃんのことは本当によかったと思うわ。これで俺も心置きなく夢前川を離れられる。次はこっちの番なんやろ」

「鳴川さん、どういうことですか」

「しらばくれるなや！　俺にはもう覚悟できとるんや」

その叫びに、準規は少しの間黙った。もう長山殺しは決着している。小寺沢義彦ただ一人の犯行、そして遺体を運んだ犯人はここにいる。すべてわかっているだろう。

「はっきり言えばええ、何の話や」

「鳴川さん……罪を認めてくれませんか」

それは準規にとって精一杯の言葉だったのだろう。気づいていないはずはない。鳴川のやった死体移動についてこいつは知っている。

「俺にどんな罪があるっちゅうねん」

「俺に言わすんですか？　あなたの罪は死体遺棄、死体を動かしたことです」

真剣な表情の準規の視線に耐えきれず、鳴川は下を向いた。そうだ、その通りだ……

ずいた。

準規、やはり見逃してはくれないんだな？　当然か……鳴川は顔を上げると大きくうな

「鳴川さん、それは認めるという意味ですね」

「ああ、認める。俺はあの日、長山の遺体を奴の家まで運んだ。長山に翔子ちゃんの債務について待ってくれと頼みに行ったんや。そやけど断られ、居酒屋へ行った。その後社長室で遺体を見つけた。俺は長山の巨体をベンツに乗せて……」

「違いますよ、鳴川さん……そうじゃない」

途中で準規は話をさえぎった。鳴川は無言で準規を見上げる。

準規は軽く息を吐くと、かぶりを振ってから口を開いた。

「俺が言う死体の移動は長山のことじゃない。兄貴……池内篤志のことです」

鳴川は言葉をなくした。射すくめられたように準規を見つめた。

「あなたは兄貴の遺体を動かした。十四年前に！」

準規の目は血走っていた。その目から鳴川は逃れる事ができなかった。手からは懐中電灯がすべり落ち、地面に転がって川の方を照らしていた。

「あなたは工場で昼間、一つだけ大きな嘘をついた。あの敷鉄板の下から金塊を掘り出したと言ったことです。だがあの敷鉄板の下にあったのは金塊なんかじゃない。あなたが十四年前に掘り出したのは兄貴、池内篤志の遺体だ！」

その叫びから、公園内にはしばらく沈黙が流れた。

膝が笑っている。やはりそうか、準規は全てを見抜いていたんだな……その通りだ。十四年前、鳴川は池内の遺体をあそこから掘り返した。あいつは鳴川から借金をしていた。だが足りずに工場の金庫からも金を盗《と》った。池内の犯行と確信した喜八社長は池内を工場で問いつめた。なんで盗んだんや、頼んでくれたなら貸したのにと怒った。溶接場二階にいた池内を殴り、あいつは倒れた。池内は一度立ち上がったが、バランスを崩しそのまま二階から落下、アンカーチェーンで後頭部を強打して即死した。鳴川はそれをすべて見ていた。

「認めるんですね？　鳴川さん」

鳴川は答えず、当時のことを思い返す。確かに池内はどうしようもない人間だった。ただ窃盗は茉莉花の借金を返す為だった。きっとあいつにとっては初めて他人のためにやった行為だったのだろう。それくらい茉莉花を大切に思っていた。鳴川への借金も必死だった。また喜八社長の行為は殺人ではない。傷害致死とも言えないくらいだろう。だが弓岡製鎖工業は軌道に乗りかかったばかり。こんなことがばれては信用問題になる。そう判断して遺体は、喜八社長と鳴川が溶接場の敷鉄板の下に埋めた。

　鳴川は池内の死後、自責の念に駆られた。あんな場所に埋めておくのは忍びなかったからだ。だから移動させた。今もあの日のことは夢に見る。汗だくになって遺体を掘り返したこと、優男だった池内の遺体が重かったこと、途中で雨が降り出し、青いビニールシートを二重にかぶせたこと、軽トラで作業着の刺繍を見つめながら翔子を思ったこと……一生忘れないだろう。

喜八社長が小寺沢に遺した言葉は金塊などではない。きっと遺体が埋まっていると言ったのだ。小寺沢はまだあそこに遺体があると思って動かそうとしたのだろう。鳴川は刑事たちの前でとっさに〝遺体〟を〝金塊〟に置き替えて小寺沢に説明し、意図を汲《く》んだ小寺沢も話を合わせた。即席の共犯関係ができたのだ。そして何とかごまかした……はずだった。

「どうなんだ！」

準規は鳴川の胸ぐらを摑《つか》んで叫んだ。瞳《ひとみ》は潤んでいた。

――堪忍してくれや、準規……。

鳴川は心の中でつぶやく。だが認める訳にはいかない。せっかく翔子の未来に光が差してきた時だ。こんなことが知れては問題が大きい。翔子は今度こそ立ち直れない。だから言う訳にはいかない。俺は死んでも翔子を守ってみせる。

鳴川は少し悪びれた顔で言った。

「ああ、俺や……俺が池内を殺したんや。俺を騙《だま》して借金負わせやがって……遺体は播磨灘に捨てたわ。もう見つかりっこあらへん」

「嘘をつくな！　あんたは殺していない！」

鳴川は準規を見た。準規の瞳には憐《あわ》れみが忍び込んでいた。

「あんたは……優しい人間だ」

準規は手を放すと、髪をかきむしった。

ちくしょう！　そう大声で叫んだあとで深呼吸をした。

「兄貴の死はある程度自業自得だ。岩田さんが調べていたよ。兄貴は工場で死んだんだろ？　岩田さんはハズレだと言っていたが違う。あそこに遺体があったんだ！　知っていたから小寺沢は動いた。サービサーに土地が譲渡されては遺体が掘り返されるかもしれない。そうなれば弓岡翔子はただでは済まない。だから小寺沢はあんなに必死になって掘り返そうとした。よく考えてみれば埋まっているのが金塊などであるはずがない。金塊があるなら工場がつぶれる前にそこにあると手紙ででも指摘すればいいだけだ。遺体を掘り返す行為が無意味だとあんたは暗に示し、小寺沢はあの場で了解したんだ」

それは完璧《かんぺき》な推理だった。工場へ急ぐとき、遺体はもうないからその点で鳴川は心配していなかった。怖かったのは小寺沢が口をすべらせることだ。奴は刑事に見張られているることは知らない。遺体がなければ、どこに池内の遺体があるんや！　そう叫ぶかもしれないと思ったからだ。うまくごまかせたつもりだったのだが……。

だが池内の遺体の場所は準規にも岩田にもわかるまい。岩田はもっと前から小寺沢に注目していた。岩田が小寺沢をあえて泳がせたのは、遺体の場所がわからなかったからだ。本命の工場にはない。池内の遺体さえ見つからなければどうしようもないはずだ。小寺沢も場所を知らない。追及しても無駄なこと。俺は絶対に口は割らない。岩田だろうが絶対にわからない。準規ならなおさらだ。

「鳴川さん、俺はあんたに自首しろなんて言っていない。本当のことを言って欲しいだけなんだ。あんたはきっと兄貴のことがバレれば弓岡翔子に不利益になると思って口を噤《つぐ》んでいる。だけど俺はあんたらを罪に問いたいわけじゃない。本当のことが知りたいだけなんだ。だから言ってくれれば納得する。頼むから教えて欲しい！」

準規……鳴川はその瞳を見た。学生のようなその顔には邪気はない。きっと本心だろう。こいつは本当は小寺沢以上に情に篤《あつ》い人間なのかもしれない。不器用だが心の中では炎が猛《たけ》っている。だが俺は本当のことを言うわけにはいかない。

呼吸を整えると、準規は少しトーンを下げた。

「後ろを見てください。鳴川さん」

鳴川は振り返って、はっとした。公園入口の方には萌が立っている。その横には萌の父親の姿もあった。萌は静かに口を開いた。

「鳴やん、ウチからも頼むわ……ホンマのこと言うて」

鳴川は無言だった。萌はもう一度頼むわと繰り返した。その顔はかなしそうだった。

「彼女は俺の近所に住んでいた。兄貴と仲が良かったんだ。まだ小さい子だったが、女の子にはみんな優しいのが兄貴だ。兄貴に野路菊の首飾りを贈られたことがあるらしい。それだけじゃなく、火事のとき、助けに来てくれたそうだ。俺はそんなこと知らなかった。萌ちゃんはそのことを覚えていて兄貴が失踪《しっそう》してからずっと捜索に参加していた。俺は嫌々やっていたのに、彼女と、ご両親だけは火事のことがあって一生懸命だった。

けんか祭りの日、俺は彼女のお父さんを見ていた。その時はどこかで見た顔だと思ったがわからなかった」

そうか……やはりそうだ。準規の言葉を萌が引き継いだ。

「あの三十三万円や野路菊の首飾りを送っていたのはウチや。ウチは池内のお兄ちゃんを捜すために利庵でアルバイト始めたんや。弓岡製鎖工業の情報を得よう思てな。最初は浅尾いう人が怪しいと思った。それで店に来た後問いつめたんや。けど大外れ。逆に浅尾さんは事情を聞いてそれやったら怪しいのは鳴川ちゃうかと言ったんや。三十三万円や野路菊の首飾りを送って、池内のお兄ちゃんが生きとるって匂わせる。そうしておいてあんたらがどういう反応をするかを見る。この計画は浅尾さんが考えたんや」

「鳴川さんや、わしの声、覚えとるか」

声を発したのは萌の父、鬼塚哲也《てつや》だ。言われてやっと気づいた。この鬼塚が今まで電話をかけていたのだ。小寺沢と電話の声が違っていたのに俺は何も思わなかった。情けない。やはり俺は無能な探偵だ。

「犯人のふりをした電話、あんたやったんやな」

鬼塚はうなずいた。準規が言葉を引き継ぐ。

「そういうことです。三十三万円や花の首飾りが送られてきて、弓岡翔子はすぐに兄貴だと信じた。俺もそうだ。だが鳴川さん、あんたは兄貴からだと信じなかった。と言うよりあえてその存在を無視するような態度を取った。死んでいるとわかっていたからだ。

そしてさっき、あんたは決定的なミスを犯した」

なるほど……鳴川はそう思った。

「池内を名乗る電話に、そんなアホなことがあるかって叫んだことやな」

「ええ、あれで俺も確信しました。鬼塚さんの声色はかなり兄貴に似ている。さっき俺もはっとしました。小寺沢は警察にいる。奴がかけていたんじゃないとわかったあの状況で、兄貴じゃないなどと確信できるのはおかしい。死んでいるとわかっていない限りな。たしかにこんなもの、裁判ではゴミにもならない証拠ばかりだが……」

鳴川は口を閉ざした。萌が代わりに口を開いた。

「ウチは池内のお兄ちゃんが死んどることを覚悟しとった。でも、九十九パーセント無理でも一パーセントにかけとったんや！　鳴やん、あんたや小寺沢さんが何としても翔子さんを守ろうとするように、ウチは何としても池内のお兄ちゃんを捜したいと思っとった！」

鳴川は萌と言ったきり言葉が続かなかった。そこまでして……立場は違えど同じだ。胸が締め付けられる思いがする。だが堪忍してほしい。俺は……。

しばらくの沈黙の後、準規が言葉を発した。

「鳴川さん、あんたは弓岡翔子を守りたいんだろう？　認めれば彼女に不利益が及ぶと考えている。だが彼女を守る――それは大丈夫だ。萌ちゃんも俺も絶対にこのことは言わない」

準規に続いて萌も言った。

「ホンマや、ウチは池内のお兄ちゃんを弔ってやりたいだけなんや！」

鳴川は顔を上げた。

「鳴やん、最初はあんたのことが憎たらしかった。池内のお兄ちゃんはあんたらに殺されたと思っとったから。今ホンマのことがわかってあんたを憎みたかった。そやけどできひんわ……あんたアホほどええ人やもんな……悔しいわ、ホンマに」

萌は涙を流していた。ここまでして知りたいのか、ここまでして……だが岩田でさえわからなかったあの場所……自分が黙ってさえいれば百パーセント大丈夫なはず。すまんとしか言えない。

だがそう思ったとき、準規はつぶやくように言った。

「ここですよね……兄貴の遺体がある場所は？」

鳴川は無反応を保った。本当は動揺している。必死でその動揺を静めようとしていた。バカな……その言葉が頭の中を駆け巡っている。それは当たりだった。最初は播磨灘に沈めようかとも思ったが、すぐに否定した。暗い海の底では池内が可哀想だったからだ。迷った末、鳴川は池内をここに埋めた。あいつが好きだったこの公園に。野路菊の花が見えるこの場所に。

「これは俺たちの中だけに留《とど》めておきます。岩田さんにも言わない。鳴川さん、あんたは密《ひそ》かに兄貴の墓に来ていたんだ。石井に殴られた日もそうだった。萌ちゃんはちゃんと見ていましたよ。あんたは本当は酒は強くないらしいですね。それなのにいつも官兵衛にごり酒を小さな酒の瓶に容《い》れてここに来る。その酒は兄貴が好きだった地酒だ。せめて兄貴が好きだった酒だけでもと思い、あんたは十四年間ずっとこうしてきたんだ！」

鳴川は震えていた。岩田は気づいているはずがない。気づいていたら小寺沢を泳がせる真似などするはずがない。自力だ。準規は自力で推理している。岩田でさえ届かなかったここにたどり着いている。池内……鳴川はその名前を口にした。

「鳴川さん、さっき俺は小寺沢に内々で聞いたんだ。喜八社長が埋めたと言ったのは兄貴の遺体でしょうと。小寺沢は驚いていたがこちらが真剣になって問いかけると認めましたよ。喜八社長は頼んだそうです。もし五千万円を返せなければ、一億以上の価値があるあの土地を譲り受けて欲しい。ただしあそこには遺体が埋まっていると。小寺沢を信頼しているがために言ったセリフだ。小寺沢は絶対にこの秘密は守り通しますと誓ったそうです。ですが事件の日、工場で長山はこう言ったそうです。ここに何が埋まっとるんやろうなと。それは後で思えば金塊のことをカマをかけて言っただけだった。だがその言い方に小寺沢はこう思った。長山はここに遺体があることを知っている。これだけは絶対にばらされてはいけないと。これがこの事件の本当の動機だったんです」

準規は鳴川の両肩を摑《つか》んで強く揺さぶった。

「鳴川さん、もういいかげんにしろ。これでも隠し通す気か！　もしあんたがどうしても認めないならこの公園、野路菊の咲くあの場所を俺は掘り返す。俺は確信している。兄貴が眠っているのはここしかない！」

決定的な言葉だった。力が抜けていく。鳴川は膝《ひざ》からくずれ落ちた。敗北感の中、小さくそうや、とうなずいた。

「ここや、ここに池内は眠っとる。俺が埋めた。喜八社長と俺は死体遺棄の共同正犯や」

鳴川はしばらくしてから顔を上げた。準規と萌、その父親は悲しそうな顔で鳴川を見ている。負けた……彼らの絆《きずな》に勝てなかった。彼らの視線に耐えられず、鳴川はもう一度顔を伏せた。

「鳴川さん……ありがとう、本当のことを言ってくれて。もう覚悟はできていた。だけどそれだけが聞きたかった。約束は守ります。絶対にこのことは言いません」

準規は頭を下げた。萌は泣いている。泣きながら黙ってうなずいていた。池内の名前を静かにつぶやく。その小さな肩を父親が優しく抱いた。

「鳴川さん、それと約束と言えばもう一つありましたね。しかまアパートで」

何やったかな？　鳴川は問いを発することもできなかった。

「どろ焼きです。事件が終わったら食べに行くと約束しました」

そやったかと小声で鳴川は答えた。

「明日、うかがいますよ」

準規は背を向け、萌もその父親も後に続いた。

公園に鳴川は一人残された。そうか……思い出した。そういえばそうだったな。母が始めた利庵も明日が最後の営業日になるだろう。せめて最後だけでもみんなに来て欲しい。俺は最後の腕を振るうだろう。

見上げると土曜日の夜、完全に満ちた月明かりがそこにある。

鳴川は立ち上がると堤防に登った。夢前川を見ながらしゃがみこんだ。弓岡製鎖工業があり、その向こうには姫路の町が広がっている。ポツポツと灯《あか》りがともっていた。その灯りを見ながら鳴川は翔子のことを想う。好きだったあの曲が自然に口からこぼれた。

終章

陽が暮れた夢前川《ゆめさきがわ》には、巨大工場から一筋だけ煙が立ち上っていた。川に架かる鉄橋を、山陽《さんよう》電鉄が走り抜けていく。やがて電車は駅に着いた。日曜日の夜、吐き出される客は少ない。準規は休日出勤のサラリーマンに続いて改札を出た。自転車で通り抜けないでと書かれた貼り紙の前を、ママチャリが通り抜けていくのが見える。準規《じゅんき》はふっと笑うと駅の下をくぐり、交差点の方へと向かった。

小寺沢義彦《こてらさわよしひこ》が逮捕された翌日、準規は居酒屋利庵《りあん》に来た。

暖簾《のれん》をくぐると、いらっしゃいという威勢のいい声がかかった。すでに午後十時近くだが、店内には客の騒がしい声と、鉄板焼きの音が響いていた。空調もない狭い店内には古めかしい石油ストーブや火鉢が置かれ、人々は楽しそうに会話をしている。準規は端の方の席に座った。メニューを手に取る。横目で見ると、アヒルのような口元の娘が注文を聞きに走っていった。日本酒を熱燗《あつかん》で飲んだ金髪の常連客が声を出した。

「萌《もえ》ちゃん、豚どろ一つもらうわ。獅子唐《ししとう》入れてや」

注文に萌は元気よく大声で応じた。

「鳴《なる》やん、豚どろ一丁や！　獅子唐入りで」

「はいよ、豚どろ獅子唐一丁やな！」

鳴川《なるかわ》は萌の大声に負けないように注文を繰り返す。鳴川が持つどんぶりには山芋やキャベツ、豚肉などたっぷり具材が入っている。客の好みにあわせて山芋を多めに入れたように見える。鳴川はどんぶりに生卵を落とす。素早くかき混ぜると、鉄板の上に広げる。じゅわっという音がして、トッピングされた獅子唐が顔をのぞかせる。少し遅れて豚肉が焼ける匂いがした。

萌が来る前はこんなメニューはなかったらしい。獅子唐を入れるというのは萌の発案だという。うまいのかどうかは微妙だが、この金髪の常連客ははまっているようだ。金髪はどろ焼きをたれに浸して、スプーンですくった。

「くう、このぴりっとしたんが絶妙やわ」

鳴川は笑顔でそれに応じた。萌は準規のところにも来た。こちらに気づくと軽く会釈する。あれから萌にも事情を伝えた。兄貴の死に号泣していたが、今日は気丈に振る舞っている。すごい子だと思う。ここへは何度も来たが、思えば客としてきたのは初めてだ。準規はメニューを見ながらとりあえずビールと普通のどろ焼きを注文した。

「鳴やん、生ビールと豚どろ一つや」

「了解、生ビールに豚どろ一丁！」

今日は大盛況のようだ。まるで休む余裕もないほどに注文がひっきりなしにくる。ジョッキでビールを飲みながら準規はどろ焼きを待っていた。やがて鳴川が来てどろ焼き

が大量に載っている。

「はいよ、豚どろ一丁完成や」

萌が横に置いてあったタレを準規に差し出した。ネギが大量に載っている。

「ホイ、これつけてスプーンで食べるんやで」

準規は言われるままに、とろっとしたどろ焼きをかつお出汁《だし》に浸《つ》ける。口に運んでからうまいと言った。お世辞はない。単純にうまかった。

「どう言えばいいのか、お好み焼きとは全然違うな。クセになるかも……」

「そやろ？　ウチも最初はあんまりすごいと思わんかった。そやけど何回か食べとる内に病み付きになんねん」

ニコニコしながら萌が得意げに言った。準規は平らげるともう一つ注文した。

「鳴やん、ネギ豚もやしコーンとホウレン草入り追加や！」

元気のいい声に負けないような声で鳴川も注文を繰り返す。

「はいよ、ネギ豚もやしコーンとホウレン草入り一丁！」

準規は店内を見渡した。カウンターには白髪混じりのパンチパーマが見える。山崎《やまさき》だ。茉莉花《まりか》も子供を連れてやって来ている。目が合うと一礼した。彼女は兄貴の死のことは知らない。いつか言わなければいけないだろう。萌の両親や藤井《ふじい》元看護師もいる。浅尾《あさお》も隅にちょこんと座っている。そして中心には翔子《しょうこ》がいた。翔子は豚どろを食べながらおいしそうに微笑んでいる。

「それで何や、この最後の茶トラ、山崎さんが引き取ってくれるんか」

鳴川の問いに、山崎はそうやと答えた。

「山崎さん、名前はメアリーにしたら？」

翔子の言葉に萌が横から茶々を入れる。

「どういう根拠やねん？　社長さん、適当に名前つけんとき」

「ちゃうねん萌ちゃん、ちゃんと意味あるんや」

翔子は立ち上がると、大勢の客を前に挑発気味に言った。

「どうや、みんな……山崎さんの猫の名前はメアリー、このネーミング、意味がわかる人おる？　わかったらお酒おごったるわ」

翔子の挑戦を受け、客たちは考え出した。だが途中で無理やと投げ出す声が多い。準規にもまるでわからない。

「目やにが多いからじゃないの？　メヤニー、メアリー」

萌の母親の回答に、翔子は両手をクロスさせた。

「ブッブー、まあええ線はついとるわ。ヒントはあの猫、しょっちゅう物陰から人を見とるんや」

わかるかい、と金髪の客が言った。翔子は降参やろとみんなを見渡している。だがその時、阪神帽をかぶった中学生くらいの少年が立ち上がった。

「もうここはピンチヒッターや、どろ焼き探偵に代打頼むしかないわ」

一斉に拍手が起こった。よっ、代打の神様！　とよくわからないやじが飛んだ。皆食事を食べる手を止めて鳴川に注目している。何故かリンドバーグが口ずさまれる中、鳴川は手を振りながら声援に応《こた》えた。

「山崎さんの名前、祥二《しょうじ》やったな？」

「そういうことやな」

山崎は答えた。鳴川はそれやったらと言ってから続けた。

「まあ、さすがにこれはないかな。でも一応言うとくわ。壁に耳あり、ショージにメアリー」

店内は静まり返った。だが翔子が小さく手を叩《たた》きながら大正解と言った瞬間、風船を針でつついたように客たちはしゃべり始めた。すげえという声となんじゃそらという声が混じっている。ただ次第に店内は賞賛の声が支配していった。

「そんなん認められへんわ！」

萌は頑強に抵抗している。準規は苦笑したが、盛り上がりは今日一番に達していた。

この様子を見ながら準規は思う。温かいな……と。鳴川は言っていた。これから自首する。罪を償う……だからこの店は今日で閉店になると。ただ自首するというのは兄貴の事件ではない。長山《ながやま》事件のことだけだ。兄貴の事件、仮に死体遺棄罪になってもとっくの前に時効だ。喜八《きはち》社長が犯した罪もそう。だから自分はこの件を明らかにする気はない。萌も了解している。

だが長山事件は別だ。発生からまだ二ヶ月ほどで時効など関係無い。事情を考えれば起訴猶予、あるいは執行猶予が妥当で実刑はまずありえない。とはいえそんな罪を犯しながら営業を続けていくのは困難だろう。客も寄り付かない。この温かみともお別れになる。この店は今日で終わる。この温かな雰囲気を壊したくないだろうが仕方のないことだ。

「すんません、皆さん聞いてくれますか」

鳴川のその言葉に、店内は意外と早く静かになった。

客たちは会話を止め、鳴川が何を言い出すのかと注目した。鳴川は自首のことを客の前で言うようだ。ただやはりいざとなると言いにくい様子だ。しばらく口ごもったが、やがて鳴川はこれからのことについて切り出した。この店は今日で閉店です――そう言い切った。

「この店を始めるとき、正直無理やろなって思っていました。すぐに潰《つぶ》れるやろって。お客さんに声をかけることも恥ずかしいし、ましてや一緒に酒を酌み交わすことなど下手くそです。でも弓岡《ゆみおか》製鎖工業の皆さんをはじめとして、多くの人達が支えてくれたおかげでここまでやって来られました。おおきに。ありがとうございます。本当に信じられない思いですわ……」

鳴川は言葉を切ってうつむいた。だがすぐに自分を奮い起たせるように顔を上げた。

「はっきり言うて経営は順調です。工場が閉鎖されたときは一気に減りましたが、最近はまた少しずつ客足も戻りつつあります。本当にありがたいことや思うとります……」

「おい、ほんなら何でやめるんや！」

角刈りの客が立ち上がって叫んだ。

「どういうことや、わけわからへんやろ」

金髪も続いた。二人の言葉は心に刺さっているようだ。だが決意は変わらない。少しざわつき始めた客たちを前に、鳴川はその言葉をハッキリと口にした。

「俺がこれから自首するからですわ。罪を償わんといけません」

鳴川の言葉に、店内は静まり返った。事情を知っている翔子や山崎、萌らには驚きの表情はない。だがその他十数名の常連客たちはあっけにとられている。鳴川は事情を説明していく。長山の遺体を動かしたこと、その詳細を話した。しばらく誰も何も言葉を発しなかった。

「そういうわけですわ。もうしわけありません」

鳴川はそう言って深く頭を下げた。

客たちは無言だった。鳴川は顔を上げると、もう一度深い礼をした。本当にみんなすまない。ここまで応援してもらいながら俺は結局、この店を潰してしまった。堪忍してください……鳴川の口からはそんな謝罪の言葉しか出てこない。

この鳴川は確かに犯罪者だ。長山の件だけでなく、兄貴の遺体を動かした人物でもある。だがこの鳴川のどこに悪があるのだろう。ただ必死に他人のためと思って行動しただけではないか。萌も言っていた。鳴やんはホンマにええ人やったと。自分が十四年前の罪を暴こうとしなかったのも本当は時効どうこうじゃない。心に悪がなかったからだ。

「そうか……ほれやったらしゃあないな」

利庵の片隅から声が聞こえた。声を発したのは浅尾だ。すまん……鳴川はもう一度そう答える以外にないようだった。だが浅尾はすぐに言葉をつなぐ。

「警察から帰ってくるまで休業、そういうことやな？」

鳴川はえっと言って顔を上げた。

「戻ってきたら、またやればええやんけ」

「また……か」

「そうや、俺等《ら》ずっと待っとるよって。のうみんな！」

大歓声が起きた。十数人の常連客たちはそうやそうやの大合唱になっている。野球少年は出所したら割引セールやと叫んでいる。翔子は鳴やんファイトと親指を突き出している。メガネの工員は絶対やめんなと酔っ払いながら叫んでいた。鳴川は一度準規を見た。準規はゆっくりとうなずく。その時、鳴川はおおきにとつぶやいた。

「これがみんなの総意や、鳴やん」

山崎が言った。鳴川は言葉が出ない。

「絶対に帰ってこいや、逃げたら赦さへんよってな！」

温かみのある叱責《しっせき》だった。鳴川の言葉からいつしかすみませんという謝罪は消えていた。そこにあるのはありがとう——ただそれだけだった。

「鳴やん、長山のことだけやのうて、帰ってきたらちゃんともう一つのことも告白しいや」

萌の言葉に鳴川は驚いた顔を浮かべた。準規もはっとする。萌……どうしたのだ。兄貴のことは隠しておくのではなかったのか。

「鳴やん、もうみんな知っとるんや、あんたが翔子さんのこと好きなんはな。そやろ、翔子さん、あんたも気づいとったんやろうが。言うてくれるん待っとったんやろ」

鳴川はあっけにとられていた。翔子は顔を赤らめている。準規は安堵《あんど》感に包まれた。そういうことだったのかと少し笑う。恥ずかし気に翔子がうなずくのを待って、客の間からは再び歓声が起こった。逆玉やという声が上がっている。萌も微笑んでいた。鳴川は天井を見上げながら顔を押さえていた。感極まったという様子だ。準規は思った。ここに鎖がある。絶対に切れないアンカーチェーン。いや鎖というよりむしろこれは幸せの……。

小さな祭りが終わり、客はほとんどはけた。外は少し明るくなってきた。残っている最後だからと客たちは夜通しで盛り上がり、カウンターでは疲れきったのか、三角巾《きん》を着けたのは準規と鳴川、萌の三人だった。まま萌がうつ伏せになって寝ている。まるで子供のようで、少しよだれが垂れている。鳴川が自分のカーディガンをその背にそっとかけてやった。

一本の酒瓶が目に入り、準規はそれを注文する。官兵衛にごり酒だ。少し温めてからお猪口《ちょこ》で飲んだ。

「本当は俺、お酒好きじゃないんですよ」

日本酒を飲みつつ、準規は言った。

「確かにそんな感じやな。本当は烏龍茶《ウーロン》とかの方がええのに、無理してビールを頼んでいたように思えた。このくそ寒いのにビールいうんも、日本酒よりはまだ飲みやすいということやろ」

的確な分析だった。どろ焼き探偵という言葉が浮かんだ。

「俺もそうや……居酒屋をやる前はつき合いでしか飲んでへん」

「萌ちゃんに聞きましたが、意外でしたよ」

「以前は人情ってヤツが苦手やった。ちっぽけな価値観を強制されているように感じたんや。愛想笑いをすればするほど、仮面を重ねて被《かぶ》っていくような感覚やった。工場で働いとっても、中々溶け込めん。何で腹割って話そうとするといつも酒になるんやって思っとった」

「俺もそうです。飲めないわけじゃないんです」

「似たもの同士なんかもな……まあ俺はこう思とる。酒は心で味わうもんやて」

準規はそうですねと微笑みながら答えた。酒の美味《うま》さは相変わらずわからない。ただこの酒の温かさはよくわかる。無理して最後まで飲むと、大きく息を吐き出した。

「それじゃあ行きます。電車も来る頃だし」

準規は立ち上がった。勘定をすませてから準規は残っていた官兵衛にごり酒の瓶を指差した。

「それ、もらっていっていいですか」

鳴川はああと言って瓶を差し出す。少し意外そうな顔だ。

「お前さん、飲めるんか」

「飲めるように努力します」

暖簾《のれん》をくぐると、一度立ち止まった。

「いい店ですね。また来ますよ……必ず」

夢前川駅へ歩く途中、準規は錆《さ》びたガードレールの前で足を止めた。外はもうかなり明るく、遠くからは山陽電鉄が走っていく音が聞こえてくる。散歩中の見ず知らずのおばさんがおはようさんと声をかけてきた。準規は会釈だけをしたが、少し遅れておはようございますと返した。

公園の奥に進んだ。鬱蒼《うっそう》とした林を抜けると防護ネット越しに夢前川が見える。その先には播磨灘《はりまなだ》も見えた。そして川岸には無数の白く小さな花が咲いている。酒瓶を持って準規はしばらく野路菊を見ていた。ここで鳴川を追いつめた時、準規は言った。小寺沢が自分にだけ自白したと。だがあれは嘘だ。長山がカマをかけ脅してきたなど、小寺沢は何も言っていない。カマをかけたのは長山ではなく準規の方だった。

——ここに兄貴は眠っているのか。

その思いが自分の中に浮かんだ時、不意にこみ上げてくる感情があった。死んでいればいい……ずっとそう思っていたではないか。それなのになんだこの感覚は。兄貴の思い出が浮かんでは消えていく。一緒にキャッチボールをしたこと、俺が上級生と喧嘩《けんか》したときかばってくれたこと、甲子園《こうしえん》の帰り、一緒に阪神電車から月を見たこと……笑顔だ。浮かんでくる兄貴の顔はみんな笑っている。

準規は鳴川からもらった地酒を兄貴の墓にかけた。兄貴はこの酒が好きだった。よく飲んで酔い潰《つぶ》れていた。酒の味がわからない奴は人生半分生きてへんとくどくど説教した。

——いつか、お前と呑《の》みたいな。

そんなことも言っていたっけ……酒が美味いと思わない俺にとってそれは迷惑だった。だが今になってやっとその言葉が心に染み込んでくる。兄貴……絞りだすような声が出た。目の前が霞《かす》んで見えない。どうしてだろう？　罵倒《ばとう》してやるつもりだったのに、殴ってやるはずだったのに……。

涙をぬぐうと、やがて準規は墓に背を向けた。だが歩き始めて一度止まる。川岸にも朝日が差し込んできていた。夢前川には船が係留されているのが見える。少し揺れているが、編み込まれたロープがそれをしっかりとつなぎとめている。

朝日を浴びて輝くその結び目を、準規は目を細めながらしばらく見つめていた。

解説

香山《かやま》二三郎《ふみろう》

法律の世界は不変ではない。古い法律が廃止されることもあれば、新しい法律が作られることもある。法律を運用する制度においてもそれは同様で、近年でいえば、裁判員制度の導入が好例だろう。重大な刑事裁判で、有権者から選ばれた裁判員が裁判官とともに審理に参加するというその新たな制度が施行されたのは二〇〇九年五月のことであった。現実の変化は当然ながら、フィクションの世界にも影響を及ぼさずにはおかない。法律やその制度を題材にしたリーガルミステリーは古今東西少なくないが、裁判員制度の導入は施行の一年余前からそれを題材にした作品も出るほど大きな変革だった。

そんなシステムの改変期に颯爽《さっそう》と登場したのが大門剛明《だいもんたけあき》である。

大門のデビュー作は第二九回横溝正史《よこみぞせいし》ミステリ大賞と同賞のテレビ東京賞をW受賞した長篇『雪冤』。京都で起きた殺人事件の犯人として被害者の合唱団仲間の京大生が逮捕され死刑が確定するが、その執行が迫る一五年後、真犯人らしい人物が現れるという、タイトル通り、冤罪《えんざい》や死刑制度を題材にしたリーガルミステリーだった。裁判員制度についても、司法改革の是非を問う長篇第三作『確信犯』で扱うなど、大門は早々とこのジャンルで活躍を始める。それを知る者であれば、誰しもがリーガルミステリーの旗手としてとらえるであろうことは想像に難くない。だが、作家大門剛明の真骨頂は、法律やその制度自体のありかたもさることながら、むしろそれを通して広く社会の移り変わりに目配りし、その是非を問うことにあるのではないか。

本書『優しき共犯者』（『共同正犯』改題）は二〇一一年七月、角川書店（現株式会社KADOKAWA）から刊行された書き下ろし作品である。著者の長篇第五作に当たるが、それまでのリーガルミステリー系と比べると、作家としての著者の懐の深さが伝わってくる作品に仕上がっている。

物語はまがまがしいプロローグののち、山陽《さんよう》電鉄網干《あぼし》線の夢前川《ゆめさきがわ》駅近くにある居酒屋利庵《りあん》の繁盛ぶりから幕を開ける。姫路名物どろ焼きを売りものにするこの店は鳴川仁《なるかわじん》が亡き母から譲り受けたもの。彼は三七歳になる今も店の二階にひとり住まいをしていた。店の常連はかつて鳴川自身勤めていた弓岡《ゆみおか》製鎖工業の従業員たち。鳴川は社長亡き後その座を継いだひとり娘・弓岡翔子《しょうこ》のことを想い続け、何かと世話を焼いていた。だが同社の管理部部長・山崎祥二《しょうじ》によると、翔子はかつて付き合っていた男――弓岡製鎖工業と提携していた石井《いしい》鉄鋼の跡取り、石井一樹《かずき》に連帯保証人にさせられ、その債務を負っていた。その額、三億二〇〇〇万円。鳴川には到底融通出来ない大金だった。

法テラス（日本司法支援センター）に相談しても、破産するくらいしか手はないという。

知り合いから連帯保証人なしで金を貸してくれるNPO法人があると教わった鳴川は、その「しらさぎBANK」を訪れてみる。理事長の小寺沢義彦《こてらさわよしひこ》によると、翔子自身、すでにここを訪れており、慈善事業をやっているのではないと断ったという。ついに彼は債権者である不動産業者の長山和人に直談判《じかだんぱん》しにいくが、けんもほろろの応対を受けるだけだった。途方に暮れる鳴川だったが、その夜弓岡製鎖工業の前を歩いていて、見知らぬベンツが停められているのを発見。嫌な予感に駆られて事務所の中に足を踏み入れると、そこには男がひとり横たわっていた。長山和人の絞殺死体であった。鳴川は翔子が犯人と思い込み、容疑から遠ざけるべく、遺体を別の場所に運んでしまう……。

しかし事件は程なく発覚、岩田と池内の捜査官コンビの登場と相なり、警察の捜査が始まる。鋭い洞察力をそなえた岩田は偽装工作もたやすく見破り、犯人に迫っていくが、本書で注目すべきはまず姫路という舞台設定ではなかろうか。

著者は三重県伊勢《いせ》市の生まれで現在も伊勢市在住、大学は京都で、デビュー作『雪冤』の舞台も京都だった。では、姫路を舞台に選んだ理由は？　それは「姫路は鎖の生産量が日本一、全国の七割を生産する鎖の街だ」ということと無縁ではあるまい。弓岡製鎖工業は船舶用の巨大なアンカーチェーンを作っているということだが、モノとモノとをつなぐ道具が鎖なら、人と人とをつなぐものは何か。それは信用であり、信頼だろう。本書はまず、鳴川仁とその仲間たちの絆《きずな》を描いた人情ドラマであり、連帯保証人という信用制度が及ぼす波乱の顚末《てんまつ》を描いた法経済小説でもある。してみると、鎖の街という舞台は物語のテーマとも深く結びついていることがおわかりいただけようか。テーマといえば、利庵の売りものどろ焼きもまた同様といえるかも。どろ焼きは山芋やキャベツ、豚肉などの具材に卵を混ぜて焼く、一見お好み焼き状の料理だが、お好み焼きのように「固く焼かれることはなく、外はカリッとした食感で中はどろっとしている」との由。関東人である筆者は未食だが、見た目はちょっとオムレツっぽい。ポイントは外殻はカリッとしていて中はどろっという点。ハードボイルドという言葉の語源には諸説あるが、外見いかにも強そうなタフガイを固ゆで卵にたとえた言葉であるというのもそのひとつ。どろ焼きはその固ゆで卵を髣髴《ほうふつ》とさせるのである（中身は半熟っぽいけど）。つまり鳴川自身、どろ焼きのような男であるという次第。

その点については、鳴川の愛聴曲という「もうひとつの土曜日」もBGMとして効果的に使われている。この曲は一九八五年に発表された浜田省吾《はまだしょうご》作詞・作曲のバラードで、野島伸司《のじましんじ》脚本、鈴木保奈美《すずきほなみ》、唐沢寿明《からさわとしあき》主演のドラマ『愛という名のもとに』の挿入歌としても広く知られている。中身は、「自分が想いを寄せる女性には男がいる。だが諦《あきら》めることなどできずにそっと見守っている」というもので、そのまま鳴川の生きかたと重なり合ってくる。男のやせ我慢といおうか、これまた明るい外見とは逆に中身はどろっとした鳴川のハードボイルドな心情を現していよう。そういや、ハマショーには「片想い」というそのものずばりの名バラードもありました。

閑話休題。本書を読み解くうえでは、姫路という舞台設定が大事だといったが、テーマは何かといったら、やはり連帯保証人制度がもたらす悲劇ということになろう。

銀行等の金融業者から融資を受けるには、第三者の連帯保証人による個人保証の約束が課せられる。その際善意の第三者である連帯保証人は債務者と同等の債務を負うことになる。連帯保証人には「破産するほどのリスクがあるのに、何のリターンもない」、いわば債権者有利の制度であるが、それがないと金融機関の貸し渋りが横行する恐れがあるともいわれ、多くの破産悲劇を引き起こしながらも放置されてきた。しらさぎBANKの小寺沢理事長いわく、「連帯保証人制度は日本人らし過ぎる制度ですね。情と理……これが複雑にまじりあってできた化け物」とのことだが、著者はその闇に鋭くメスを入れてみせるのだ。

もっとも、近年ようやくそれを是正する動きがあり、二〇一一年七月には、金融庁により中小企業、自営業者への第三者連帯保証が原則禁止され、さらに一三年六月から民法の一部を改正する法案——「親しい友人や親族などの第三者に保証人を求めることを禁止する法案」が衆議院に提出されており、民法改正が求められている。

本書で扱われているような破産悲劇が過去の遺物となることを祈りたい。

本書は狭義のリーガルミステリーではないが、連帯保証人制度という必要悪に切り込んだ広義のそれであるのは間違いない。著者は本書ののちも、ニート青年が農業会社で働き出す『父のひと粒、太陽のギフト』(幻冬舎)や新米刑務官を通じて刑務所の内情をえぐり出す『獄の棘《ひとやとげ》』(角川文庫)、こそ泥青年が改心して鍵師《かぎ》の修業を始める『鍵師ギドウ』（実業之日本社文庫）等幅広い社会派ミステリーを発表している。ミステリー趣向という面でも、本書はもちろん、そうした各作品もヒネリの効いた仕上がりになっている。今後の著者の活躍からますます目が離せない。

本書は二〇一一年七月に小社から刊行された単行本『共同正犯』を、加筆・修正のうえ改題し文庫化したものです。

本書はフィクションであり、実在のいかなる個人・組織ともいっさい関わりのないことを附記します。

優《やさ》しき共《きょう》犯《はん》者《しゃ》

大《だい》門《もん》剛《たけ》明《あき》

平成29年 4月25日　初版発行
令和6年 12月10日　4版発行

発行者●山下直久

発行●株式会社KADOKAWA
〒102-8177　東京都千代田区富士見2-13-3
電話　0570-002-301（ナビダイヤル）

角川文庫 20288

印刷所●株式会社KADOKAWA
製本所●株式会社KADOKAWA

表紙画●和田三造

●お問い合わせ
https://www.kadokawa.co.jp/（「お問い合わせ」へお進みください）
※内容によっては、お答えできない場合があります。
※サポートは日本国内のみとさせていただきます。
※Japanese text only

ISBN978-4-04-102169-9　C0193

角川文庫発刊に際して

角　川　源　義

　第二次世界大戦の敗北は、軍事力の敗北であった以上に、私たちの若い文化力の敗退であった。私たちの文化が戦争に対して如何に無力であり、単なるあだ花に過ぎなかったかを、私たちは身を以て体験し痛感した。西洋近代文化の摂取にとって、明治以後八十年の歳月は決して短かすぎたとは言えない。にもかかわらず、近代文化の伝統を確立し、自由な批判と柔軟な良識に富む文化層として自らを形成することに私たちは失敗して来た。そしてこれは、各層への文化の普及滲透を任務とする出版人の責任でもあった。

　一九四五年以来、私たちは再び振出しに戻り、第一歩から踏み出すことを余儀なくされた。これは大きな不幸ではあるが、反面、これまでの混沌・未熟・歪曲の中にあった我が国の文化に秩序と確たる基礎を齎らすためには絶好の機会でもある。角川書店は、このような祖国の文化的危機にあたり、微力をも顧みず再建の礎石たるべき抱負と決意とをもって出発したが、ここに創立以来の念願を果すべく角川文庫を発刊する。これまで刊行されたあらゆる全集叢書文庫類の長所と短所とを検討し、古今東西の不朽の典籍を、良心的編集のもとに、廉価に、そして書架にふさわしい美本として、多くのひとびとに提供しようとする。しかし私たちは徒らに百科全書的な知識のジレッタントを作ることを目的とせず、あくまで祖国の文化に秩序と再建への道を示し、この文庫を角川書店の栄ある事業として、今後永久に継続発展せしめ、学芸と教養との殿堂として大成せんことを期したい。多くの読書子の愛情ある忠言と支持とによって、この希望と抱負とを完遂せしめられんことを願う。

一九四九年五月三日

角川文庫ベストセラー

雪冤　大門剛明

死刑囚となった息子の冤罪を主張する父の元に、メロスと名乗る謎の人物から時効寸前に自首をしたいと連絡が。真犯人は別にいるのか？　緊迫と衝撃のラスト、死刑制度と冤罪に真正面から挑んだ社会派推理。

罪火　大門剛明

花火大会の夜、少女・花歩を殺めた男、若宮。被害者の花歩は母・理絵とともに、被害者が加害者と向き合う修復的司法に携わり、犯罪被害者支援に積極的にかかわっていた。驚愕のラスト、社会派ミステリ。

確信犯　大門剛明

かつて広島で起きた殺人事件の裁判で、被告人は真犯人であったにもかかわらず、無罪を勝ち取った。14年後、当時の裁判長が殺害され、事態は再び動き出す。事件の関係者たちが辿りつく衝撃の真相とは⁉

獄《ひとや》の棘《とげ》　大門剛明

新米刑務官の良太は、刑務所内で横行する「赤落ち」と呼ばれるギャンブルの調査を依頼される。ギャンブル調査をきっかけに、いじめや偽装結婚など、刑務所内にはびこる闇に近づいていく良太だったが――。

Another（上）（下）　綾辻行人

1998年春、夜見山北中学に転校してきた榊原恒一は、何かに怯えているようなクラスの空気に違和感を覚える。そして起こり始める、恐るべき死の連鎖！名手・綾辻行人の新たな代表作となった本格ホラー。

角川文庫ベストセラー

Another エピソードS　綾辻行人

一九九八年、夏休み。両親とともに別荘へやってきた見崎鳴が遭遇したのは、死の前後の記憶を失い、みずからの死体を探す青年の幽霊、だった。謎めいた屋敷を舞台に、幽霊と鳴の、秘密の冒険が始まる――。

悪女の囁《ささや》き 七楽《ならく》署刑事課長・一ノ瀬和郎　安達瑶

七楽署刑事課長・一ノ瀬のもとに、殺人事件の通報がある。被害者は地元の有力者。地元のしがらみを知る一ノ瀬は無理な捜査を避けようとするが、警察庁から来たキャリア警視が過剰な正義を振りかざし⁉

妖女の誘惑 七楽《ならく》署刑事課長・一ノ瀬和郎　安達瑶

七楽市の廃屋で、白骨死体が発見された。刑事課長の一ノ瀬は、融通の利かないキャリア警視・榊原と捜査を進める。やがて、七楽市出身の国会議員が死体遺棄に関わった可能性とともに、妖しい女の影がちらつき⁉

悪果　黒川博行

大阪府警今里署のマル暴担当刑事・堀内は、相棒の伊達とともに賭博の現場に突入。逮捕者の取調べから明らかになった金の流れをネタに客を強請り始める。かつてなくリアルに描かれる、警察小説の最高傑作！

繚乱　黒川博行

大阪府警を追われたかつてのマル暴担コンビ、堀内と伊達。競売専門の不動産会社で働く伊達は、調査中の敷地900坪の巨大パチンコ店に金の匂いを嗅ぎつけると、堀内を誘って一攫千金の大勝負を仕掛けるが⁉

角川文庫ベストセラー

てとろどときしん 大阪府警・捜査一課事件報告書
黒川博行

フグの毒で客が死んだ事件をきっかけに意外な展開をみせる表題作「てとろどときしん」をはじめ、大阪府警の刑事たちが大阪弁の掛け合いで6つの事件を解決に導く、直木賞作家の初期の短編集。

疫病神
黒川博行

建設コンサルタントの二宮は産業廃棄物処理場をめぐるトラブルに巻き込まれる。巨額の利権が絡んだ局面で共闘することになったのは、桑原というヤクザだった。金に群がる悪党たちとの駆け引きの行方は――。

螻蛄
黒川博行

信者500万人を擁する宗教団体のスキャンダルに金の匂いを嗅ぎつけた、建設コンサルタントの二宮とヤクザの桑原。金満坊主の宝物を狙った、悪徳刑事や極道との騙し合いの行方は⁉「疫病神」シリーズ‼

破門
黒川博行

映画製作への出資金を持ち逃げされたヤクザの桑原と建設コンサルタントの二宮。失踪したプロデューサーを追い、桑原は本家筋の構成員を病院送りにしてしまう。組同士の込みあいをふたりは切り抜けられるのか。

燻《くすぶ》り
黒川博行

あかん、役者がちがう――。パチンコ店を強請る2人組、拳銃を運ぶチンピラ、仮釈放中にも盗みに手を染める小悪党。関西を舞台に、一攫千金を狙っては燻り続ける男たちを描いた、出色の犯罪小説集。

角川文庫ベストセラー

墓頭《ボズ》　真藤順丈

双子の片割れの死体が埋まったこぶを頭に持ち、周りの人間を死に追いやる宿命を背負った男——ボズ。香港九龍城、カンボジア内戦など、底なしの孤独と絶望をひきずって、戦後アジアを生きた男の壮大な一代記。

始動　警視庁東京五輪対策室　末浦広海

２０２０年夏季五輪の開催地が東京に決定したその日、警視庁東京五輪対策室が動きだした。7年後の東京五輪のために始動したチームの初陣は「五輪詐欺」。架空の五輪チケットで市民を騙す詐欺集団を追う！

包囲　警視庁東京五輪対策室　末浦広海

東京五輪招致に反対していた活動家が殺害されたのと時を同じくして、五輪警備の実践演習と位置づけられた東京国体にテロ予告が届く。予告状の指紋を手がかりに、対策室はふたつの事件の犯人を追うが——。

暗躍捜査　警務部特命工作班　末浦広海

不祥事に絡んだ警察官を調査し、事件を極秘裏に処理することを任務とする、警務部特命工作班。工作班の岩永は、警察内部から流出した可能性のある覚醒剤が原因で起きた通り魔殺人の捜査に乗り出すが——。

19歳　一家四人惨殺犯の告白　永瀬隼介

92年に千葉県で起きた身も凍る惨殺劇。虫をひねり潰すがごとく4人の命を奪った19歳の殺人者に下された死刑判決。生い立ちから最高裁判決までを執念で追い続けた迫真の事件ノンフィクション！